Diogenes Taschenbuch 20374

de
te
be

Georges Simenon

# *Im Falle eines Unfalls*

*Roman*

*Aus dem Französischen von Hansjürgen Wille und Barbara Klau*

Diogenes

Titel der Originalausgabe:
›En cas de malheur‹

Die deutsche Erstausgabe
erschien 1958 unter
dem Titel ›Mit den Waffen einer Frau‹
Die Übersetzung wurde für
die Neuausgabe 2001 überarbeitet
Umschlagfoto von
Jörg Lehmann


www.diogenes.ch
60/01/8/5
ISBN 3 257 20374 8

# I

*Sonntag, den 6. November*

Vor kaum zwei Stunden, als wir nach dem Essen in den Salon gegangen waren, um dort unseren Kaffee zu trinken, und ich so dicht am Fenster stand, daß ich die kalte Feuchtigkeit der Scheibe spürte, hörte ich meine Frau hinter mir sagen:

»Hast du vor, heute nachmittag auszugehen?«

Diese einfachen Worte waren so voller Inhalt, als hätten sich in ihnen Gedanken mitgeteilt, die weder Viviane noch ich auszusprechen wagten. Ich habe nicht gleich geantwortet – nicht weil ich unschlüssig war, sondern weil mich einen Augenblick lang jene etwas beklemmende Welt gefangenhielt, die im Grunde wirklicher ist als die alltägliche und in der man die Kehrseite des Lebens zu entdecken glaubt.

Ich habe schließlich gemurmelt: »Nein. Heute nicht.«

Sie weiß, daß ich keinen Grund habe auszugehen. Sie hat es erraten wie alles andere. Außerdem spioniert sie mir vielleicht nach. Ich nehme ihr das ebensowenig übel, wie sie mir irgend etwas übelnimmt.

In dem Augenblick, als sie mir die Frage stellte, sah ich draußen in dem kalten, trüben Regen, der seit drei Tagen fällt, einen Clochard unter dem Pont-Marie hin und her gehen. Er schlug sich die Arme um den Körper, um warm zu werden. Vor allem fiel mir ein Haufen dunkler Lumpen an der Steinmauer auf, und ich fragte mich, ob er sich wirklich bewegte oder ob das nur eine optische Täuschung war.

Er bewegte sich tatsächlich, merkte ich bald. Ein Arm tauchte aus den Lumpen auf und dann das aufgedunsene Gesicht einer Frau, das von wirrem Haar umrahmt war. Der Mann blieb plötzlich stehen und wandte sich an seine Gefährtin, um ihr irgend etwas zu sagen. Dann holte er, während sie sich aufsetzte, zwischen zwei Steinen eine halbvolle Flasche hervor, reichte sie ihr, und sie führte sie an den Mund und trank.

In den zehn Jahren, die wir am Quai d'Anjou, auf der Ile Saint-Louis, wohnen, habe ich die Clochards oft beobachtet. Ich habe alle Arten gesehen, auch Frauen, aber dies war das erste Mal, daß ich zwei sah, die sich wie ein Ehepaar verhielten. Warum hat mich das so bewegt, warum mußte ich dabei an zwei Tiere, ein Männchen und ein Weibchen, denken, die sich in ihrem Schlupfwinkel im Wald verstecken?

Wenn von Viviane und mir die Rede ist, vergleichen uns die Leute manchmal, wie mir hinterbracht wurde, mit einem Paar wilder Tiere. Und bestimmt hebt dann jemand auch noch hervor, daß bei wilden Tieren das Weibchen das wildere ist.

Bevor ich mich umdrehte und zu dem kleinen Tisch ging, auf dem der Kaffee bereitstand, sah ich noch, wie ein riesengroßer Mann mit gerötetem Gesicht aus der Kajüte eines am anderen Ufer festgemachten Lastkahns herauskam. Er hatte sich die schwarze Kapuze seines Regenmantels über den Kopf gezogen, ehe er sich in die nasse Welt hinauswagte, trug in jeder Hand eine leere Flasche und schritt nun über das schwankende Brett, das das Schiff mit dem Kai verband. Er und die beiden Clochards sowie ein gelblicher Hund, der unter einem schwarzen Baum kauerte, waren in diesem Augenblick die einzigen Lebewesen dort draußen.

»Gehst du ins Büro?« hat mich meine Frau gefragt, als ich im Stehen meinen Kaffee trank.

Ich habe genickt. Sonntage sind mir stets ein Greuel gewesen, vor allem Pariser Sonntage, die mir eine fast panische Angst einflößen. Die Aussicht, unter Regenschirmen vor irgendeinem Kino Schlange zu stehen, verursacht mir Brechreiz. Ebenso ist es mir zuwider, die Champs-Elysées entlangzuschlendern, in den Tuilerien spazierenzugehen oder in der langen Autokolonne auf der Straße nach Fontainebleau zu fahren.

Wir sind heute nacht spät nach Hause gekommen. Nach einer Generalprobe im Theater de la Michodière haben wir im ›Maxim‹ gegessen und sind dann gegen drei Uhr morgens in einer Kellerbar in der Nähe des Rond-Point gelandet, wo sich Schauspieler und Filmleute treffen.

Ich ertrage es immer weniger, nicht richtig ausschlafen zu können, wie es nun schon seit einigen Jahren der Fall ist. Viviane dagegen scheint nie die geringste Müdigkeit zu spüren.

Wie lange sind wir noch im Salon geblieben, ohne ein Wort zu wechseln? Fünf Minuten mindestens, könnte ich schwören, und fünf Minuten solchen Schweigens sind lang. Ich habe meine Frau kaum angesehen. Schon seit mehreren Wochen vermeide ich es, ihr ins Gesicht zu blicken, und bin darauf bedacht, immer nur kurz mit ihr allein zu sein. Hat sie vielleicht das Verlangen gehabt, mit mir zu sprechen? Als ich ihr halb den Rücken kehrte, hat sie zögernd den Mund geöffnet, und statt zu sagen, was ihr auf der Zunge lag, erklärte sie:

»Ich werde gleich zu Corinna gehen. Wenn du Lust hast, kannst du gegen Abend nachkommen.«

Corinna de Langelle ist eine Freundin meiner Frau, die viel von sich reden macht und in der Rue Saint-Dominique eines der schönsten Häuser von Paris besitzt. Zu ihren vielen originellen Ideen gehört es, jeden Sonntagnachmittag Besuch zu empfangen.

»Es stimmt gar nicht, daß alle Welt zum Rennen geht«, pflegt sie zu sagen, »und nur wenige Frauen begleiten ihre Männer auf die Jagd. Sollen wir uns denn langweilen, bloß weil Sonntag ist?«

Ich bin im Salon auf und ab gegangen und habe dann gemurmelt: »Bis nachher.«

Ich habe mich in mein Arbeitszimmer begeben. Trotz der Gewohnheit der langen Jahre ist es für mich immer noch ein merkwürdiges Gefühl, über die Galerie dorthin zu gelangen. Die Idee stammt von Viviane. Als die Wohnung unter uns frei wurde, hat sie mir geraten, sie zu kaufen, um dort mein Büro einzurichten. Oben wurde es allmählich zu eng, besonders für Gesellschaften. Die Decke des größten Zimmers ist entfernt und durch eine Galerie in Höhe der oberen Etage ersetzt worden. Dadurch ist ein sehr hohes Zimmer mit zwei Reihen Fenster entstanden, an dessen Wänden sich von unten bis oben Bücherregale entlangziehen, wodurch der Raum einer öffentlichen Bibliothek ähnelt. Es hat eine ganze Zeit gedauert, bis ich mich daran gewöhnt habe, dort zu arbeiten und meine Klienten zu empfangen.

Ich habe mir außerdem in einem der ehemaligen Schlafzimmer eine Art Studio eingerichtet, in dem ich meine Plädoyers vorbereite und auf einem Lederdiwan meinen Mittagsschlaf halte, wie heute. Aber habe ich wirklich geschlafen? Ich weiß es nicht. Ich habe im Halbdunkel zwar die Augen geschlossen, glaube jedoch, daß ich die ganze Zeit den Regen in die Dachrinne laufen hörte. Viviane hat sich in ihrem mit roter Seide ausgeschlagenen Boudoir, das sich neben unserem Schlafzimmer befindet, gewiß ebenfalls ausgeruht.

Es ist jetzt kurz nach vier. Sicher zieht sie sich gerade an, und wahrscheinlich wird sie sich noch einmal bei mir zeigen und mir einen Kuß geben, bevor sie sich zu Corinna begibt.

Ich merke, daß meine Augen geschwollen sind. Schon seit langem sehe ich schlecht aus, und die Medikamente, die Dr. Pémal mir verschrieben hat, vermögen nichts dagegen. Dennoch schlucke ich gewissenhaft weiter Tropfen und Tabletten, von denen ein ganzes Arsenal auf dem Eßtisch für mich bereitsteht.

Ich habe immer hervorquellende Augen und einen dikken Kopf gehabt. Er ist so dick, daß ich nur in zwei oder drei Pariser Geschäften einen passenden Hut finde. In der Schule nannten sie mich ›Kröte‹.

Manchmal höre ich ein Knarren, weil das Holz der Galerie bei feuchtem Wetter gleichsam lebendig wird, und ich hebe dann jedesmal wie ein ertappter Sünder den Kopf, in der Annahme, daß Viviane herunterkommt.

Ich habe ihr nie etwas verheimlicht, und dennoch werde ich ihr dies hier verheimlichen und es in dem Renaissanceschrank in meinem Studio einschließen. Bevor ich mit dem Schreiben begann, habe ich mich vergewissert, daß der Schlüssel nicht verlorengegangen ist und daß das Schloß funktioniert. Ich werde auch für den Schlüssel ein Versteck finden müssen – hinter den Büchern in der Bibliothek zum Beispiel, denn er ist so riesig, daß ich ihn nicht in die Tasche stecken kann.

Aus meiner Schreibtischschublade habe ich einen gelben Aktenhefter genommen, auf den mein Name und meine Adresse gedruckt sind:

*Lucien Gobillot*
*Rechtsanwalt*
*Paris, Quai d'Anjou 17b*

Hunderte solcher Hefter, die von den Fällen meiner Klienten mehr oder weniger prall gefüllt sind, stehen in einem Metallschrank, den Mademoiselle Bordenave in Ordnung hält. Ich habe gezögert, meinen Namen dorthin zu schreiben, wo sonst der des Klienten steht. Schließlich habe ich ironisch lächelnd mit Rotstift ein einziges Wort hingemalt: *Ich.*

Es ist im Grunde meine eigene Akte, die ich hier anlege, und es ist durchaus möglich, daß sie eines Tages von Nutzen sein wird. Zehn Minuten hat es gedauert, bis ich den ersten Satz niederschrieb. Fast war ich versucht, wie bei der Abfassung eines Testaments zu beginnen:

*Ich, Unterzeichneter, im Vollbesitz meiner körperlichen*

*und geistigen Kräfte...* Denn es ist so etwas wie ein Testament. Genauer gesagt, ich weiß noch nicht recht, was es sein wird, und ich frage mich, ob dereinst am Rande dieses Schriftstücks die kabbalistischen Zeichen stehen werden, die ich bei meinen Klienten verwende.

Ich habe nämlich die Angewohnheit, in ihrer Gegenwart das Wesentliche dessen, was sie sagen, zu notieren, das Wahre und das Falsche, das Halbwahre und das Halbfalsche, die Übertreibungen und die Lügen, und zugleich in Zeichen, die nur ich verstehe, meinen eigenen Eindruck festzuhalten. Manche dieser Zeichen sind seltsam verschnörkelt, ähneln jenen Männchen oder Figuren, die dieser oder jener Richter während eines langen Plädoyers auf seine Schreibunterlage malt.

Ich versuche, mich über mich selbst lustig zu machen, mich nicht ernst zu nehmen. Dennoch – ist das nicht schon ein Symptom, daß ich das Bedürfnis habe, meine Gedanken niederzuschreiben? Für wen? Warum? Ich weiß es nicht. Für einen Notfall, wie jene braven Leute sagen, die Geld zurücklegen. Für den Fall, daß die Dinge eine schlechte Wendung nehmen.

Können sie denn anders als übel ausgehen? Selbst bei Viviane spüre ich ein Gefühl, das ihr immer fremd gewesen ist und das dem Mitleid so ähnelt wie ein Tropfen Wasser dem anderen. Sie weiß nicht, weiß noch nicht, was mich erwartet. Trotzdem fühlt sie, daß es nicht mehr lange so weitergehen kann, daß etwas geschehen muß.

Auch Pémal, bei dem ich seit fünfzehn Jahren in Behandlung bin, ahnt es, und wenn er mir Medikamente verschreibt, dann tut er es bestimmt ohne Überzeugung.

Wenn er mich besucht, verstellt er sich, gibt sich harmlos und heiter.

»Wo fehlt's denn heute?«

Nirgends. Nirgends und überall. Dann erinnert er mich an meine fünfundvierzig Jahre und an die Arbeit, die ich stets geleistet habe und weiterhin leisten werde. Scherzhaft sagt er:

»Es kommt der Augenblick, da die stärkste und vollkommenste Maschine kleine Reparaturen braucht...«

Hat er von Yvette gehört? Pémal lebt nicht im gleichen Milieu wie wir, wo man alles von meinem Privatleben weiß. Zweifellos hat er in den Wochenzeitungen manches gelesen, was nur die Eingeweihten verstehen können.

Übrigens handelt es sich nicht nur um Yvette. Es ist die ganze Maschine, um seinen Ausdruck zu benutzen, die nicht mehr funktioniert, und das nicht erst seit heute oder seit einigen Wochen oder Monaten.

Will ich behaupten, ich wüßte schon seit zwanzig Jahren, daß es ein schlimmes Ende nehmen wird? Das wäre übertrieben, aber ebenso übertrieben wäre es, wenn ich sagen würde, es habe vor einem Jahr mit Yvette begonnen.

Ich möchte...

Meine Frau ist eben heruntergekommen. Sie trägt unter ihrem Nerzmantel ein schwarzes Jackenkleid, ein Halbschleier bedeckt die obere Hälfte ihres schon ein wenig welken Gesichts und gibt ihm etwas Geheimnisvolles. Als sie auf mich zukam, habe ich ihr Parfüm gerochen.

»Glaubst du, daß du nachkommen wirst?«

»Ich weiß es nicht.«

»Wir könnten dann irgendwo in der Stadt zu Abend essen.«

»Ich werde dich bei Corinna anrufen.«

Im Augenblick habe ich nur den einen Wunsch, in meinem Winkel allein zu sein.

Sie hat mich auf die Stirn geküßt und ist dann mit eiligen Schritten zur Tür gegangen.

»Bis nachher.«

Sie hat mich nicht gefragt, woran ich arbeite. Ich habe gesehen, wie sie hinausging, und bin aufgestanden, um aus dem Fenster zu schauen.

Das Clochard-Paar ist immer noch unter dem Pont-Marie. Die beiden sitzen jetzt nebeneinander, angelehnt an die Kaimauer, und blicken auf das unter dem Bogen durchfließende Wasser. Aus der Ferne kann man nicht sehen, ob sich ihre Lippen bewegen und sie miteinander sprechen. Sie haben sich bis zu den Hüften in eine durchlöcherte Decke gehüllt. Und wenn sie miteinander reden, was mögen sie sich wohl zu sagen haben?

Der Flußschiffer ist gewiß mit seiner Weinration zurückgekommen, in der Kajüte sieht man den rötlichen Schein einer Petroleumlampe.

Es regnet immer noch und ist inzwischen fast dunkel geworden.

Bevor ich weiterschreibe, wähle ich die Telefonnummer der Wohnung in der Rue de Ponthieu. Ich spüre einen Schmerz, als ich es in dem Zimmer läuten höre, ohne daß ich dort bin. Es ist ein Gefühl, das mir allmählich vertraut wird, eine Art Druck oder Krampf, bei dem ich mir wie ein Herzkranker unwillkürlich an die Brust fasse. Das Telefon klingelte lange, wie in einer leeren Wohnung, und ich glaubte schon, es würde sich niemand melden, als plötzlich eine verschlafene, mürrische Stimme sagte: »Wer ist da?«

Ich hätte beinahe den Hörer wieder aufgelegt. Ohne meinen Namen zu nennen, habe ich dann gefragt:

»Hast du gerade geschlafen?«

»Ach, du bist es. Ja.«

Dann schwiegen wir beide. Was hatte es für einen Zweck, mich zu erkundigen, was sie gestern abend gemacht hat und wann sie nach Hause gekommen ist?

»Hast du nicht zuviel getrunken?«

Sie hat ihr Bett verlassen müssen, um ans Telefon zu gehen, denn der Apparat befindet sich nicht im Schlafzimmer, sondern im Salon. Sie schläft nackt. Beim Erwachen hat ihre Haut einen besonderen Geruch, sie riecht nach Frau, ein wenig nach Nikotin und Alkohol. Sie trinkt in der letzten Zeit viel mehr als früher, als ob auch sie ahnte, daß etwas geschehen wird.

Ich habe nicht gewagt, sie zu fragen, ob er da sei. Wozu? Warum sollte er nicht dasein, da ich ihm sozusagen das Feld geräumt habe? Er hat sicher einen Ellbogen aufgestützt, tastet im Halbdunkel des Zimmers nach den Zigaretten und hört zu.

Auf dem Teppich und auf den Stühlen liegen Kleidungsstücke verstreut, Gläser und Flaschen stehen herum, und sobald ich den Hörer aufgelegt habe, wird sie an den Kühlschrank gehen und sich ein Bier holen.

Sie gibt sich einen Ruck, um zu fragen, als ob sie das interessierte: »Arbeitest du?«

Und dann fügt sie hinzu, woraus ich schließe, daß die Vorhänge zugezogen sind:

»Regnet es immer noch?«

»Ja.«

Das ist alles. Ich überlege, was ich noch sagen könnte, und vielleicht tut sie es ebenfalls. Alles, was mir einfällt, ist die lächerliche Ermahnung:

»Mach keine Dummheiten!«

Ich sehe sie vor mir, wie sie auf der Lehne des grünen Sessels hockt, sehe ihre Brüste, ihren mageren Kinderrükken, das dunkle Dreieck ihrer Scham, das ich, ich weiß nicht, warum, immer rührend finde.

»Bis morgen.«

»Ja, bis morgen.«

Ich bin wieder ans Fenster gegangen, man sieht nur noch die Lichterketten entlang der Seine, ihren Widerschein auf dem Wasser und hier und dort im Schwarz der feuchten Fassaden das helle Rechteck eines erleuchteten Fensters.

Ich lese noch einmal den Anfang des Satzes, den ich gerade schreiben wollte, als meine Frau mich unterbrochen hat:

*Ich möchte...*

Mir fällt nicht wieder ein, wie der Satz weitergehen sollte. Wenn ich wirklich mit dieser Niederschrift, die ich schon jetzt ›meine Akte‹ nenne, fortfahren will, dann wird es wohl klüger sein, nichts noch einmal zu lesen, auch nicht einen einzigen Satz.

*Ich möchte...*

Ja, ich muß mich behandeln, wie ich meine Klienten behandle. Im Justizpalast heißt es immer, ich wäre der meistgefürchtete Untersuchungsrichter, weil es mir gelänge, selbst den Verstocktesten die Würmer aus der Nase zu ziehen. Meine Haltung ist immer ungefähr die gleiche, und ich gestehe, daß ich mir mein Äußeres zunutze mache – meinen berühmten Krötenkopf, meine hervorquellenden Augen, die die Leute anstarren, als ob sie sie gar nicht sähen. Meine Häßlichkeit ist mir nützlich, weil sie mir das geheimnisvolle Aussehen einer grotesken chinesischen Porzellanfigur gibt.

Ich lasse sie eine Weile reden, lasse sie die Sätze herunterleiern, die sie sich zurechtgelegt haben, bevor sie bei mir anklopfen. Wenn sie dann am wenigsten darauf gefaßt sind, unterbreche ich sie plötzlich und sage, wobei ich das Kinn in die linke Hand stütze: »Nein!«

Dieses Wörtchen, das ich ausspreche, ohne die Stimme zu heben, bringt sie fast immer aus der Fassung.

»Ich versichere Ihnen...«, versuchen sie sich zu wehren.

»Nein.«

»Wollen Sie behaupten, daß ich lüge?«

»Es hat sich nicht so abgespielt, wie Sie es schildern.«

Vor allem bei Frauen genügt das meist, und dann huscht ein komplizenhaftes Lächeln über ihre Züge. Andere winden sich noch.

»Ich schwöre Ihnen...«

Bei denen stehe ich auf, als ob die Unterhaltung beendet wäre, und wende mich zur Tür.

»Ich will es Ihnen erklären«, stammeln sie beunruhigt.

»Ich brauche keine Erklärung, ich brauche die Wahrheit. Die Erklärungen zu finden ist nicht Ihre, sondern meine Sache. Wenn Sie es allerdings vorziehen zu lügen...«

Es kommt selten vor, daß ich die Hand auf den Türknopf legen muß.

Mir kann ich diese Komödie natürlich nicht vorspielen. Aber wenn ich zum Beispiel schreibe:

*Es hat vor einem Jahr begonnen, als …*

… dann darf ich mir, wie ich es bei anderen tue, mit einem einfachen und kategorischen: Nein! ins Wort fallen.

Dieses Nein verwirrt sie vollends, und sie verstehen nun überhaupt nichts mehr.

»Aber«, wehren sie sich, »als ich sie kennengelernt habe, da …«

»Nein.«

»Warum behaupten Sie, daß das nicht wahr ist?«

»Weil man weiter zurückgehen muß.«

»Wie weit zurück?«

»Das weiß ich nicht. Forschen Sie in Ihrem Gedächtnis nach.«

Sie suchen und finden fast immer ein weiter zurückliegendes Ereignis, das ihren Fall erklärt. Ich habe viele auf diese Weise gerettet – nicht, wie man im Justizpalast behauptet, durch juristische Kniffe oder andere Tricks, sondern weil ich sie dazu gebracht habe, die Ursache ihres Verhaltens zu entdecken. So wie sie müßte ich sagen:

»Es hat angefangen …«

Wann? An jenem Abend, als ich vom Gericht zurückkam und Yvette allein in meinem Wartezimmer vorfand. Das ist die einfache Lösung, die ich die romantische nennen möchte. Wenn nicht Yvette, wäre es wahrscheinlich eine andere gewesen. Wer weiß, ob nicht das Eindringen eines neuen Elements in mein Leben unvermeidlich war.

Ich habe leider nicht, wie meine Klienten, wenn sie sich in das setzen, was wir den Beichtstuhl nennen, jemanden vor mir, der mir meine eigene Wahrheit zu erkennen hilft, und sei es nur durch ein banales: Nein!

Ich erlaube ihnen nicht, mit dem Schluß oder in der Mitte zu beginnen, aber ich für meinen Teil werde es dennoch tun, weil mich das Problem Yvette quält und ich mich davon befreien will. Wenn ich danach noch die Lust und den Mut dazu habe, werde ich mich bemühen, weiter zurückzugehen.

Es war ein Freitag, vor einem guten Jahr etwa, Mitte Oktober. Ein Fall von Erpressung. Ich hatte plädiert, die Urteilsverkündung war um acht Tage verschoben worden, und ich erinnere mich, daß meine Frau und ich in einem Restaurant in der Avenue du Président Roosevelt mit dem Polizeipräsidenten und ein paar anderen Leuten zu Abend essen sollten. Ich war vom Justizpalast, der nur wenige Schritte von hier entfernt ist, zu Fuß zurückgekehrt. Es fiel ein feiner, fast warmer Regen, ein ganz anderer als der heute.

Mademoiselle Bordenave, meine Sekretärin, die mit ihrem Vornamen anzureden mir nie in den Sinn gekommen ist und die ich wie einen Mann Bordenave nenne, war noch im Büro. Der kleine Duret, der schon seit mehr als vier Jahren bei mir arbeitet, war bereits nach Hause gegangen.

»Im Wartezimmer sitzt noch jemand«, sagte Bordenave und hob den Kopf hinter ihrem grünen Lampenschirm. Sie ist dunkelblond, aber ihr Schweiß riecht eindeutig wie der einer Rothaarigen.

»Wer?«

»Ein junges Mädchen. Sie hat ihren Namen und den Grund ihres Besuchs nicht sagen wollen. Sie will Sie unbedingt persönlich sprechen.«

»In welchem Wartezimmer sitzt sie?«

Wir haben zwei Wartezimmer, das große und das kleine, und ich wußte von vornherein, daß meine Sekretärin antworten würde: »Im kleinen.«

Frauen, die mich durchaus selber sprechen wollen, sind ihr ein Greuel.

Ich hatte noch meine Aktentasche unterm Arm, den Hut auf dem Kopf und den feuchten Mantel an, als ich die Tür aufstieß und in einem Sessel Yvette sitzen sah. Sie hatte die Beine übereinandergeschlagen, las ein Filmmagazin und rauchte eine Zigarette.

Bei meinem Eintreten sprang sie sofort auf und blickte mich an, als ob sie den Schauspieler, dessen Bild auf der Titelseite der Zeitschrift prangte, plötzlich leibhaftig vor sich hätte.

»Kommen Sie bitte mit.«

Mir waren sofort ihr billiger Mantel, ihre Schuhe mit den abgetretenen Absätzen und vor allem ihre Pferdeschwanzfrisur aufgefallen, die aussah wie bei einer Tänzerin oder bei gewissen Mädchen vom linken Seine-Ufer.

In meinem Büro legte ich Mantel und Hut ab, setzte mich an meinen Schreibtisch und bat sie, auf dem Sessel mir gegenüber Platz zu nehmen.

»Hat Sie jemand hergeschickt?« fragte ich.

»Nein. Ich bin aus eigenem Entschluß gekommen.«

»Wieso sind Sie gerade zu mir gekommen?«

Ich stelle diese Frage oft, obwohl die Antwort für mich nicht immer schmeichelhaft ist.

»Können Sie es sich nicht denken?«

»Ich spiele schon lange keine Ratespielchen mehr.«

»Nun vielleicht – weil man weiß, daß Sie Ihre Klienten meist herauspauken.«

Ein Journalist hat das gleiche kürzlich anders formuliert, und seitdem geht seine witzige Bemerkung durch alle Zeitungen:

»Wenn Sie unschuldig sind, nehmen Sie irgendeinen guten Anwalt. Wenn Sie schuldig sind, wenden Sie sich an Monsieur Gobillot.«

Der Schein der Lampe fiel grell auf das Gesicht meiner Besucherin, und ich erinnere mich eines gewissen Unbehagens, das ich bei ihrem Anblick empfand. Sie hatte das Gesicht eines Kindes und zugleich das einer uralten Frau – eine Mischung von Naivität und Verschlagenheit. Von Unschuld und Laster, würde ich am liebsten sagen, aber ich schätze diese Worte nicht und wende sie nur den Geschworenen gegenüber an.

Sie war mager und sah ungesund aus, wie alle Mädchen ihres Alters, die in Paris leben und sich nicht pflegen können. Wie kam ich auf den Gedanken, daß sie gewiß schmutzige Füße hatte?

»Haben Sie eine gerichtliche Vorladung?«

»Ich werde sie bestimmt bekommen.«

Sie wollte auf mich Eindruck machen. Ich bin sicher, daß sie die Beine absichtlich so übereinanderschlug, daß ich ihre bloßen Schenkel sehen konnte. Sie war übertrieben und ungeschickt geschminkt wie eine Prostituierte von der billigsten Sorte oder eine kleine Landpomeranze, die erst vor kurzem in Paris gelandet ist.

»Sobald ich in mein Hotel zurückkehre, werde ich sicher verhaftet, und wahrscheinlich haben schon alle Polizisten auf den Straßen meine Personenbeschreibung.«

»Und da wollten Sie mich lieber *vorher* sprechen?«

»Natürlich. Hinterher wäre es zu spät.«

Ich begriff nicht, wie sie das meinte, und begann neugierig zu werden. Aber gerade das wollte sie gewiß, und ich sah ein verstohlenes Lächeln auf ihren schmalen Lippen.

Unvermittelt sagte ich:

»Ich nehme an, Sie sind unschuldig?«

Sie hatte jene Bemerkung über mich gelesen, denn wie aus der Pistole geschossen kam die Antwort:

»Wenn ich unschuldig wäre, wäre ich nicht hier.«

»Weshalb sucht man Sie?«

»Raubüberfall.«

Sie sagte das, ohne mit der Wimper zu zucken.

»Bewaffnet?«

»Was denn sonst?«

Ich habe mich darauf etwas bequemer in meinen Sessel gesetzt, das Kinn in die linke Hand gestützt und, während ich mit der rechten auf einen Block Worte und Figuren kritzelte, den Kopf ein wenig zur Seite geneigt und sie prüfend angeblickt.

»Erzählen Sie.«

»Was?«

»Alles.«

»Ich bin neunzehn Jahre alt.«

»Ich hätte Sie für siebzehn gehalten.«

Ich war absichtlich barsch zu ihr. Ich könnte übrigens nicht sagen, warum. Schon bei dieser ersten Begegnung standen wir uns wie Gegner gegenüber. Sie forderte mich heraus, und ich forderte sie heraus. In diesem Augenblick waren unsere Chancen noch ungefähr gleich.

»Ich bin in Lyon geboren. Meine Mutter ist weder Putzfrau noch Fabrikarbeiterin, noch Prostituierte.«

»Warum sagen Sie das?«

»Weil das doch gewöhnlich der Fall ist, nicht wahr?«

»Lesen Sie Schundromane?«

»Ich lese nur Zeitungen. Mein Vater ist Lehrer, und meine Mutter war vor ihrer Heirat bei der Post angestellt.«

Sie schien auf eine Entgegnung zu warten und war einen Augenblick verwirrt, daß sie ausblieb.

»Ich habe bis zu meinem sechzehnten Jahr die Schule besucht, meine Abschlußprüfung bestanden und dann ein Jahr lang als Stenotypistin bei einer Transportfirma in Lyon gearbeitet.«

Ich hatte mich entschlossen, sie nicht zu unterbrechen.

»Eines Tages habe ich mir vorgenommen, mein Glück in Paris zu suchen. Ich habe meinen Eltern vorgeredet, daß ich auf eine schriftliche Bewerbung hin in Paris eine Stellung gefunden hätte.«

Ich schwieg weiter.

»Interessiert Sie das nicht?«

»Fahren Sie fort.«

»Ich hatte keine Arbeit, habe mich aber trotzdem durchgeschlagen, da ich, wie Sie sehen, ja noch lebe. Möchten Sie wissen, wie?«

»Nein.«

»Ich will es Ihnen trotzdem sagen. Auf jede Art, mit allen Mitteln.«

Ich blieb stumm, und sie wiederholte:

»Mit allen Mitteln! Verstehen Sie?«

»Und weiter?«

»Ich habe Noémie kennengelernt, die sich irgendwo hat schnappen lassen und im Augenblick wohl noch verhört wird. Da sie wissen, daß wir beide an dem Überfall beteiligt waren, und auch herausbekommen werden, wenn es nicht schon jemand verraten hat, daß wir in einem Hotelzimmer zusammen gewohnt haben, werden sie dort auf mich warten. Kennen Sie das ›Hôtel Alberti‹ in der Rue Vavin?«

»Nein.«

»Das ist es.«

Meine Haltung begann sie so nervös zu machen, daß sie allmählich ihre Sicherheit verlor. Ich gab mich absichtlich grob und gleichgültig.

»Sind Sie immer so?« sagte sie ärgerlich. »Ich dachte, es ist Ihre Aufgabe, Ihren Klienten zu helfen.«

»Dazu muß ich erst wissen, wie ich Ihnen helfen kann.«

»Ich denke, indem Sie uns herauspauken.«

»Sprechen Sie weiter.«

Sie zögerte, zuckte mit den Schultern und fuhr dann fort:

»Ich will's versuchen. Wir hatten es schließlich beide satt.«

»Was?«

»Wollen Sie das im einzelnen hören? Mir macht es nichts aus, und wenn Sie widerliche Geschichten mögen …«

Verachtung und Enttäuschung klangen aus ihrer Stimme. Da habe ich sie zum ersten Mal ermuntert, weil ich mich ihr gegenüber doch etwas zu hart fand:

»Wer hat die Idee mit dem Raubüberfall ausgeheckt?«

»Ich. Noémie ist zu dumm, um eine Idee zu haben. Sie ist ein liebes Mädchen, aber sie hat das Gehirn eines Spatzen. Beim Zeitunglesen ist mir der Gedanke gekommen, daß wir mit etwas Glück auf einen Schlag für Wochen, ja, vielleicht für Monate aus unserer Misere herauskommen könnten. Ich treibe mich oft abends in der Nähe der Gare Montparnasse herum, und so kenne ich das Viertel allmählich. In der Rue de l'Abbé-Grégoire ist mir ein Uhrmachergeschäft aufgefallen, das jeden Abend bis neun oder zehn geöffnet hat.

Es ist ein schlechtbeleuchteter, enger Laden. Im Hintergrund sieht man eine Küche, in der eine alte Frau strickt oder Gemüse putzt und dabei Radio hört.

Der Uhrmacher, ebenso alt wie sie und kahlköpfig obendrein, arbeitet dicht am Schaufenster mit einer schwarz eingefaßten Lupe vorm Auge, und ich bin unzählige Male dort vorbeigegangen, um die beiden zu beobachten. Die Straße selbst ist ebenfalls schlecht beleuchtet, und in der Nähe sind keine weiteren Geschäfte.«

»Waren Sie bewaffnet?«

»Ich habe mir eine Spielzeugpistole gekauft, die einer richtigen aufs Haar gleicht.«

»War das gestern abend?«

»Vorgestern. Mittwoch.«

»Erzählen Sie weiter.«

»Kurz nach neun haben wir den Laden betreten, und

Noémie hat gesagt, ihre Uhr müsse repariert werden. Ich stand dicht bei ihr und war ein wenig unruhig, weil ich die Alte in der Küche nicht sah. Ich war deswegen sogar nahe daran, unseren Plan aufzugeben, aber als sich dann der Mann über die Uhr meiner Freundin beugte, habe ich ihm meine Pistole vorgehalten und gesagt:

›Machen Sie keinen Lärm. Geben Sie Ihr Geld heraus, und ich werde Ihnen nichts tun.‹

Er hat gemerkt, daß ich es ernst meinte, hat die Kassenschublade geöffnet, während Noémie, wie ausgemacht, alle Uhren an seinem Arbeitstisch zusammenraffte und in ihre Manteltasche stopfte.

Ich streckte gerade die Hand nach dem Geld aus, als ich spürte, daß jemand hinter mir stand. Es war die Alte, in Hut und Mantel. Ich weiß nicht, woher sie gekommen ist. Jedenfalls begann sie um Hilfe zu rufen.

Mein Revolver schien ihr keinen Schrecken einzujagen. Sie versperrte mir den Weg mit ausgebreiteten Armen und schrie: ›Diebe! Mörder! Hilfe!‹

In diesem Augenblick sah ich die Kurbel, mit der der eiserne Laden herauf- und heruntergelassen wird. Ich habe sie gepackt, mich auf die Alte gestürzt und Noémie zugerufen:

›Laß uns verschwinden!‹

Ich habe auf die Alte losgeschlagen, die rückwärts auf den Gehweg gefallen ist. Wir mußten über sie hinwegsteigen. Dann sind wir in verschiedene Richtungen fortgerannt.

Wir hatten ausgemacht, wenn wir uns trennen müßten, wollten wir uns in einer Bar in der Rue de la Gaîté wieder treffen, aber ich bin über eine Stunde herumgelaufen und schließlich sogar mit der Metro bis zum Châtelet gefahren, bevor ich dorthin ging. Ich habe den Wirt gefragt:

›War meine Freundin hier?‹

›Ich habe sie heute abend nicht gesehen‹, hat er geantwortet.

Einen Teil der Nacht habe ich draußen verbracht, und gegen Morgen bin ich ins Hotel zurückgegangen, aber auch dort war Noémie nicht. Ich habe sie seitdem nicht wiedergesehen. Gestern morgen stand in der Zeitung eine kurze Meldung von dem Überfall. Die Frau des Uhrmachers ist an der Stirn und am Auge verletzt. Man hat sie ins Krankenhaus gebracht. Weiter ist nichts darüber berichtet worden. Weder gestern abend noch heute früh. Es hat auch nirgends gestanden, daß die Tat von zwei Frauen verübt worden ist.

Mir ist dabei nicht sehr wohl zumute. Ich bin in der letzten Nacht nicht im Hotel gewesen, und als ich gegen Mittag in die Bar in der Rue de la Gaîté gehen wollte, habe ich zwei Kriminalbeamte in Zivil bemerkt. Ich habe den Kopf weggedreht und bin weitergegangen. Von einer Kneipe in der Rue de Rennes aus, wo mich keiner kennt, habe ich Gaston angerufen, den Wirt von der Bar.«

Ich hörte immer noch stumm zu, ohne das Interesse zu zeigen, das sie erwartete.

»Sie haben ihm offenbar ein Foto von Noémie gezeigt, so eins, wie sie sie von Verhafteten machen. Sie haben ihn gefragt, ob er sie kennt. Als er das bejahte, wollten sie wissen, ob er ihre Freundin ebenfalls kenne, und er hat gesagt: ›Ja, die auch‹, aber er wisse nicht, wo die beiden wohnten.

Die gleichen Fragen haben sie bestimmt in allen Bars in der Gegend und in den Hotels gestellt. Ich habe Gaston, mit dem wir gut befreundet sind, angefleht, mir einen Gefallen zu tun, und er hat sich dazu bereit erklärt.«

Sie sah mich an, als müßte ich nun endlich alles begreifen.

»Ich muß noch mehr hören«, sagte ich, immer noch uninteressiert. Ich weiß nicht, warum ich ein wenig wütend auf sie war, aber ich war es.

»Wenn man ihn noch einmal vernehmen wird, was bestimmt geschieht, wird er sagen, wir wären beide am Dienstagabend zur Zeit des Raubüberfalls bei ihm in der Bar gewesen. Er wird Gäste auftreiben, die das bestätigen können. Aber davon weiß Noémie nichts, und sie muß es unbedingt wissen. Wie ich sie kenne, hat sie die Männer nur trotzig angesehen und geschwiegen. Aber Sie, als unser Anwalt, dürfen sie besuchen und ihr sagen, wie sie sich zu verhalten hat. Sie können alle Einzelheiten auch mit Gaston absprechen, den Sie bis zwei Uhr morgens in seiner Bar antreffen. Ich habe ihn telefonisch schon darauf vorbereitet. Im Augenblick kann ich Ihnen kein Geld geben, weil ich keins habe, aber ich weiß, daß Sie gelegentlich jemanden umsonst verteidigt haben.«

Ich glaubte, alles zu wissen, alles gesehen, alles gehört zu haben.

Ich spürte, daß sie noch etwas auf dem Herzen hatte, daß sie noch etwas sagen oder tun wollte, was ihr plötzlich schwierig erschien. Fürchtete sie, ihr Coup könne mißlingen, den sie gewiß ebenso sorgfältig vorbereitet hatte wie den Raubüberfall?

Ich sehe sie wieder vor mir, wie sie blasser wurde, aufstand, sich bemühte, siegessicher zu lächeln und mit Verve ihren Trumpf auszuspielen. Ihr Blick schweifte durch das Zimmer und blieb an der einzigen Stelle meines Schreibtischs hängen, die nicht mit Akten bedeckt war. Dort legte sie sich zurück, hob ihren Rock und murmelte:

»Nutzen Sie die Gelegenheit, ehe man mich ins Gefängnis steckt.«

Sie hatte keinen Schlüpfer an. Zum erstenmal sah ich ihre mageren Schenkel, ihren gewölbten Kinderbauch, das dunkle Dreieck ihrer Scham, und ohne eigentlichen Grund ist mir das Blut zu Kopf gestiegen.

Ich sah ihr Gesicht von unten zwischen meiner Lampe und der Vase, in die Bordenave jeden Morgen frische Blumen stellt. Sie versuchte, mich anzusehen, sie wartete, und da ich mich nicht rührte, verlor sie allmählich die Hoffnung, daß sie die Partie gewinnen würde.

Es dauerte eine Weile, dann füllten sich ihre Augen mit Tränen, ihre Hand tastete nach dem Rocksaum, den sie aber noch nicht wieder hinunterzog. Sie fragte mit einer enttäuschten und gedemütigten Stimme:

»Bedeutet Ihnen das nichts?«

Langsam drehte sie mir den Rücken zu und fragte, ohne mir ihr Gesicht zuzuwenden:

»Heißt das nein zu allem?«

Ich habe mir eine Zigarette angezündet und gesagt, ohne zu ihr hinzusehen:

»Setzen Sie sich hin.«

Sie tat es nicht sofort. Bevor sie sich zu mir umdrehte, schneuzte sie sich wie ein Kind.

Sie ist es, die ich eben in der Rue de Ponthieu angerufen habe, wo sie mit einem Mann im Bett liegt, den ich kenne und den ich fast gebeten habe, ihr Geliebter zu werden.

Als ich noch unentschlossen war, ob ich heute weiterschreiben sollte, hat plötzlich das Telefon geläutet.

Meine Frau war am Apparat.

»Arbeitest du immer noch?«

Zögernd habe ich geantwortet: »Nein.«

»Kommst du nicht her? Moriat ist hier. Corinna möchte uns mit vier oder fünf Freunden zum Abendessen dabehalten.«

Ich habe gesagt, ich würde kommen.

Ich werde also ›meine‹ Akte im Schrank einschließen und überlegen, hinter welchen Büchern ich den Schlüssel verstecken kann. Dann werde ich hinaufgehen und mich umziehen.

Ob das Clochard-Paar immer noch unter dem Pont-Marie liegt?

## 2

*Dienstag, den 8. November, abends*

Ich bin in mein Schlafzimmer hinaufgegangen, um mich umzuziehen, und habe Albert gerufen.

»Holen Sie den Wagen aus der Garage. Sie müssen mich in die Rue Saint-Dominique fahren. Die gnädige Frau ist wohl mit dem kleinen Citroën gefahren?«

»Ja, Monsieur Gobillot.«

Wir haben zwei Wagen, und Albert ist Diener und Chauffeur in einem, aber es ist vor allem der Chauffeur, über den die Leute reden. Man glaubt, ich hätte ihn aus naiver Eitelkeit engagiert, während ich ihn in Wirklichkeit aus einem ganz lächerlichen Grund eingestellt habe.

Wenn mir jetzt ein Klient gegenübersäße und dies sagte, würde ich ihn bestimmt unterbrechen:

»Beschränken Sie sich auf die Tatsachen.«

Mir liegt allerdings daran, so ganz nebenbei eine Legende zu zerstören. Rechtsanwalt Andrieu, mein erster Chef und mein einziger übrigens – er war auch der erste Mann Vivianes –, war einer der wenigen Pariser Anwälte, die sich von einem Chauffeur in Livree zum Justizpalast fahren ließen. Und so liegt der Gedanke gar nicht fern, daß ich es ihm gleichtun will, daß mich irgendein Komplex dazu treibt, meiner Frau zu beweisen…

Im Anfang unserer Ehe, als wir noch an der Place Denfert-Rocherau wohnten, mit Blick auf den Löwen von Belfort, nahm ich die Metro. Aber bereits ein Jahr später konnte ich mir ein Taxi leisten. Bald darauf haben wir uns einen gebrauchten Wagen gekauft, aber während Viviane schon einen Führerschein hatte, brachte ich es nicht fertig, die Fahrprüfung zu bestehen. Mir fehlt der Sinn für das Technische, ja, vielleicht auch die Reaktionsfähigkeit. Ich bin am Steuer so erregt, der unvermeidlichen Katastrophe so gewiß, daß der Prüfer mir geraten hat:

»Sie verzichten besser darauf, Monsieur Gobillot. Sie sind nicht der einzige, dem es so geht, und fast immer handelt es sich um Leute von hoher Intelligenz. Nach zwei- oder dreimaliger Wiederholung der Prüfung würden Sie's wohl schaffen, aber es würde nicht lange dauern, und Sie würden einen Unfall haben. Sie sind eben kein Autofahrer.«

Ich erinnere mich, mit welchem Respekt er das zu mir sagte, denn ich hatte mir als Anwalt schon einen Namen gemacht.

Mehrere Jahre, bis zu unserem Umzug auf die Ile Saint-Louis, hat Viviane mich zum Justizpalast gefahren und mich abends dort abgeholt. Erst als Albert, der Sohn unseres Gärtners in Sully, nach Beendigung seines Militärdienstes eine Stelle suchte, sind wir auf die Idee gekommen, ihn zu engagieren.

Unser Leben war komplizierter geworden, und wir hatten beide viele Verpflichtungen.

Die Leute fanden es seltsam, daß sie mich und meine Frau nicht mehr ständig zusammen sahen, denn das war zu einer Art Legende geworden. Ich bin davon überzeugt, daß noch heute manche glauben, Viviane helfe mir bei der Arbeit, ja, sogar bei der Abfassung meiner Plädoyers.

Ich bin nicht stolz in dem Sinn, den meine Kollegen damit verbinden, und wenn...

Tatsachen!

Wieso komme ich auf den letzten Sonntagabend zurück, an dem nichts Wichtiges passierte? Heute ist Dienstag. Ich hätte nicht geglaubt, daß mir so schnell wieder das Verlangen kommen würde, mich von neuem in meine Akte zu versenken.

Albert hat mich also in die Rue Saint-Dominique gefahren, wo vor dem Haus der blaue Wagen meiner Frau stand. Ich habe zu Albert gesagt, er brauche nicht zu warten. Bei Corinna de Langelle fand ich in einem der Salons etwa ein Dutzend Menschen. In der kleinen, runden Bar, wo die Dame des Hauses ihre Gäste bediente, waren drei oder vier weitere.

»Einen Whisky, Lucien?« hat sie mich gefragt, bevor wir uns küßten.

Sie küßt alle. In ihrem Hause ist das so Sitte.

Gleich darauf hat sie bemerkt:

»Welches grausame Ungeheuer versucht unser großer Anwalt gerade den Klauen der Justiz zu entreißen?«

In einem riesigen Sessel saß Jean Moriat im Gespräch mit Viviane. Ich drückte den Freunden des Hauses die Hand – Lannier, dem drei oder vier Zeitungen gehören, dem Abgeordneten Druelle, einem jungen Mann, dessen Namen ich nie behalten kann, von dem ich nicht weiß, was er eigentlich tut, außer immer in Corinnas Nähe aufzutauchen – einer meiner Schützlinge, sagt sie –, und zwei oder drei hübschen Frauen jenseits der Vierzig, was in der Rue Saint-Dominique nichts Ungewöhnliches ist.

Wie schon gesagt, es hat sich nichts ereignet, als was man bei dieser Art von Gesellschaften gewöhnlich erlebt. Man hat bis halb neun weitergetrunken und sich unterhalten. Dann sind nur noch, wie mir Viviane schon angekündigt hatte, fünf oder sechs Leute geblieben, darunter Lannier und natürlich Jean Moriat.

Seinetwegen komme ich auf jenen Abend zurück. Zwei- oder dreimal haben sich unsere Blicke gekreuzt, und ich hatte den Eindruck – vielleicht war er falsch, aber das würde mich wundern –, daß wir uns verstanden.

Jeder kennt Moriat, der ein dutzendmal Minister, zweimal sogar Ministerpräsident gewesen ist und es wieder werden wird. Fotos und Karikaturen von ihm erscheinen ebenso regelmäßig wie die von Filmstars auf der Titelseite der Zeitungen.

Er ist ein stämmiger, dicker, fast ebenso häßlicher Mann wie ich, hat mir gegenüber aber den Vorteil einer großen Statur und einer gewissen bäuerlichen Strenge, die ihm etwas Edles gibt.

Man weiß auch über sein Leben mehr oder weniger genau Bescheid, jedenfalls sind jene Pariser darüber im Bilde, die sich selbst als die Eingeweihten bezeichnen. Mit zweiundvierzig Jahren war er verheiratet, Vater von drei Kindern, Tierarzt in Niort und schien keinen anderen Ehrgeiz zu haben. Als es dann aber zu einem Wahlskandal kam, hat er sich aufstellen lassen und ist auch gewählt worden.

Wahrscheinlich wäre er ein fleißiger Abgeordneter geblieben, der zwischen seiner bescheidenen Wohnung am linken Seine-Ufer und seinem Wahlkreis hin- und herfährt, wenn er nicht Corinna kennengelernt hätte. Wie alt war sie zu jener Zeit? Ihr Alter läßt sich nur schwer bestimmen. Nach ihrem heutigen Aussehen muß sie damals um die Dreißig gewesen sein. Ihr Mann, der alte Graf von Langelle, war zwei Jahre vorher gestorben. Sie begann dem Milieu des Faubourg Saint-Germain, in dem sie mit ihm gelebt hatte, untreu zu werden und mit Herausgebern von Zeitungen und Politikern zu verkehren.

Man behauptet, daß sie Moriat nicht zufällig auserwählt hat und daß ihr Gefühl dabei keine große Rolle spielte. Sie hatte es vorher mit zwei oder drei anderen probiert, die sie dann aber wieder fallenließ. Sie beobachtete den Abgeordneten von Niort lange, bevor sie ihn für sich beanspruchte.

Jedenfalls sah man ihn immer häufiger bei ihr, und er fuhr immer seltener in seinen Wahlkreis. Schon zwei Jahre später erhielt er einen höheren Posten im Kabinett und wurde kurz darauf Minister. Fünfzehn, fast zwanzig Jahre sind seitdem vergangen – ich mache mir nicht die Mühe, die Daten zu prüfen, die keine Bedeutung haben –, und ihre Liaison ist heute sozusagen selbstverständlich, fast offiziell, so daß zum Beispiel ein Ministerpräsident oder sogar der Präsident der Republik in der Rue Saint-Dominique anrufen läßt, wenn er Moriat braucht.

Er ist von seiner Frau nicht geschieden, die irgendwo in der Nähe des Champs-de-Mars wohnt. Ich bin ihr ab und zu begegnet: Sie ist unbeholfen und unscheinbar geblieben, wirkt immer so, als ob sie sich entschuldigen müßte, daß sie des großen Mannes so wenig würdig ist. Ihre Kinder sind verheiratet, und ich glaube, der älteste ist in der Verwaltung tätig.

Bei Corinna posiert Moriat nicht für die Wähler oder für die Nachwelt. Er gibt sich dort, wie er ist, und oft hat er auf mich wie ein Mann gewirkt, der sich langweilt oder richtiger gesagt: wie ein Mann, der sich bemüht, nicht zu enttäuschen.

Als sich am Sonntag unsere Blicke zum erstenmal begegnet sind, sah er mich stirnrunzelnd an, als hätte er an mir etwas Neues entdeckt, ein Zeichen sozusagen.

Aus Scham und aus Furcht, mich lächerlich zu machen, würde ich nicht gern laut sagen, was ich jetzt niederschreiben will. An jenem Sonntag habe ich begonnen, an ein Zeichen zu glauben, ein unsichtbares Mal, das nur von Eingeweihten zu erkennen ist, von jenen, die es selber tragen.

Ob ich meine Überlegungen zu Ende führen werde? Dieses Zeichen können nur wenige haben – Menschen, die viel erlebt, viel gesehen, die sich ungewöhnlich angestrengt haben und mehr oder weniger an ihrem Ziel angelangt sind. Ich glaube, daß man ein gewisses Alter erreicht haben muß, Mitte Vierzig etwa, ehe einem dieses Mal auf der Stirn steht.

Ich habe Moriat ebenfalls beobachtet. Zuerst während des Essens, als die Frauen sich dieses und jenes erzählten, dann im Salon, wo die Geliebte des Zeitungsverlegers auf Kissen saß und zur Gitarre sang.

Es war ihm deutlich anzusehen, daß ihn alles ebenso anödete wie mich. Wenn er um sich blickte, fragte er sich gewiß, welche Laune des Schicksals ihn in diese Umgebung geführt hatte, die er fast als Beleidigung empfand.

Er soll ein ehrgeiziger Mensch sein. Er hat seine Legende, wie ich die meine habe, und gilt in der Politik als ebenso grimmig wie ich bei Gericht. Aber ich halte ihn nicht für ehrgeizig. Wenn er es überhaupt einmal gewesen ist, dann auf eine ziemlich kindliche Weise. Und heute ist er es bestimmt nicht mehr. Er hat sich mit seinem Schicksal abgefunden, wie manche Schauspieler mit der Rolle, die sie ihr Leben lang spielen müssen. Ich sah ihn ein Glas nach dem andern leeren, aber ohne Lust und Freude und doch nicht wie ein Trinker, und ich bin davon überzeugt, daß er sich immer nur eingießen ließ, weil er es sonst in der Gesellschaft nicht länger ausgehalten hätte.

Corinna, die fast fünfzehn Jahre jünger ist als er, bemuttert ihn wie ein Kind. Sie wacht darüber, daß alles, was er haben möchte, in seiner Reichweite ist.

Auch ihr, die ihn besser kennt als sonst jemand, wird aufgefallen sein, daß er im Lauf des Abends immer stumpfer und apathischer wurde.

Ich habe mir das Trinken noch immer nicht angewöhnt. Es kommt nur selten bei mir vor und nie auf diese systematische Art. Moriat hat dennoch bei mir das Zeichen erkannt, das in den Augen zu sehen sein muß, in einer gewissen Schwere des Blicks, einer Abwesenheit eher als einem bestimmten Ausdruck.

Man sprach von Politik, und er hat ein paar ironische Bemerkungen hingeworfen, wie man Vögeln Brotkrumen hinwirft.

In diesem Augenblick bin ich aus dem Salon in ein Boudoir gegangen, in dem sich ein Telefon befindet. Ich habe zuerst in der Rue de Ponthieu angerufen, wo sich erwartungsgemäß jedoch niemand meldete. Dann habe ich die Nummer von Louis, dem italienischen Wirt, gewählt, bei dem Yvette meistens ißt.

»Hier Gobillot. Ist Yvette bei Ihnen, Louis?«

»Sie ist eben gekommen, Monsieur Gobillot. Soll ich sie rufen?«

Ich habe hinzugefügt, weil es nötig war, um Louis ins Bild zu setzen: »Ist sie allein?«

»Ja. Sie sitzt an dem kleinen Tisch hinten und beginnt gerade zu essen.«

»Sagen Sie ihr, daß ich in einer halben Stunde, vielleicht auch etwas später, vorbeikomme.«

Hat Moriat dieses Drama auch erraten? Keiner von uns beiden ist lasterhaft, keiner ehrgeizig, aber wer würde das schon zugeben, außer denen, die selber das Zeichen tragen? Bei meiner Rückkehr in den Salon hat er mich wieder angesehen, doch sein Blick war feucht und verschwommen – wie immer, wenn er eine Menge getrunken hat.

Ich nehme an, daß Corinna ihm einen Wink gegeben hat, denn zwischen ihnen besteht dasselbe Einvernehmen wie zwischen Viviane und mir. Der Exministerpräsident, der eines Tages wieder das Staatsschiff lenken wird, hat sich mühsam erhoben und gemurmelt:

»Entschuldigen Sie mich bitte ...«

Leicht schwankend ist er durch den Salon gegangen. Hinter der Glastür habe ich einen Diener gesehen, der ihn zweifellos erwartete, um ihn ins Bett zu bringen.

»Er arbeitet zuviel«, seufzte Corinna. »Auf seinen Schultern ruht eine so große Verantwortung.«

Viviane hat mir einen fragenden Blick zugeworfen. Sie

hatte gemerkt, daß ich telefonieren gegangen war. Sie wußte, wen und warum ich angerufen hatte. Sie wußte auch, daß ich hinfahren würde. Ich glaube sogar, sie riet es mir im stillen.

Die Gesellschaft würde sich noch eine oder zwei Stunden hinziehen, bis die letzten Gäste gegangen waren.

»Ich muß Sie bitten, mich zu entschuldigen. Auch ich habe noch zu arbeiten...«

Ließen sie sich täuschen? Wahrscheinlich ebensowenig wie bei Moriat. Das ist auch gar nicht wichtig.

»Hast du den Wagen warten lassen?« fragte mich Viviane.

»Nein. Ich werde ein Taxi nehmen.«

»Soll ich dich nicht lieber fahren?«

»Auf gar keinen Fall. Gleich gegenüber ist ja ein Taxistand.«

Hat sie, kaum daß ich draußen war, von meiner Arbeit und meiner Verantwortung gesprochen? Zehn Minuten lang mußte ich im Regen auf ein Taxi warten, weil Sonntag war, und als ich bei Louis ankam, rauchte Yvette eine Zigarette, trank eine Tasse Kaffee und hatte einen leeren Blick. Außer ihr war kaum noch ein Gast in dem Restaurant. Sie machte mir auf der Bank neben sich Platz und hielt mir so selbstverständlich die Wange zum Kuß hin, wie es Corinna tut.

»Hast du in der Stadt gegessen?« fragte sie mich, als wären wir verheiratet.

»Ich habe einen Happen in der Rue Saint-Dominique gegessen.«

»War deine Frau dort?«

»Ja.«

Sie ist nicht eifersüchtig auf Viviane, versucht nicht, sie zu verdrängen, versucht im Grunde überhaupt nichts, lebt allein in der Gegenwart.

»Was nehmen Sie, Herr Rechtsanwalt?«

Mit einem Blick auf Yvettes Kaffee sagte ich: »Einen Kaffee.«

»Du wirst nicht schlafen können«, bemerkte sie. Das stimmt – wie fast jeden Abend werde ich ein Schlafmittel nehmen müssen.

Ich hatte ihr nichts zu sagen, und wir saßen da nebeneinander auf der Bank und blickten vor uns hin wie ein altes Ehepaar. Schließlich fragte ich sie: »Müde?«

Sie schüttelte den Kopf, die Frage kränkte sie nicht, und sie fragte mich dann:

»Was hast du heute gemacht?«

»Ich habe gearbeitet.«

Ich sagte ihr nicht, woran ich am Nachmittag gearbeitet hatte, und sie ahnte nicht im geringsten, daß ich mich vor allem mit ihr beschäftigt hatte.

»Erwartet dich deine Frau?«

Auf diese indirekte Art versucht sie herauszubekommen, was ich vorhabe.

»Nein.«

»Gehen wir zu mir?«

Ich nickte. Ich wollte, ich brächte es über mich, nein zu sagen und meiner Wege zu gehen, aber diesen aussichtslosen Kampf habe ich schon lange aufgegeben.

»Darf ich mir noch einen Chartreuse bestellen?«

»Bitte. Louis! Einen Chartreuse!«

»Für Sie nichts, Monsieur Gobillot?«

»Nein, danke.«

Die Frau, die in der Wohnung in der Rue de Ponthieu saubermacht, kommt sonntags nicht, und ich war sicher, daß Yvette nicht aufgeräumt hatte. Ob sie wenigstens das Bett gemacht hat? Wahrscheinlich nicht. Sie trinkt ihren Chartreuse langsam, mit langen Pausen nach jedem Schluck, als ob sie den Augenblick unseres Aufbruchs hinausschieben wollte. Schließlich seufzt sie: »Zahlst du?«

Für Louis ist es nichts Ungewöhnliches, uns an diesem Tisch sitzen zu sehen. Er weiß auch, wohin wir von hier aus fahren.

»Gute Nacht, Mademoiselle Yvette. Gute Nacht, Herr Anwalt.«

Sie hakte sich im Regen bei mir unter und geriet mit ihren hohen Absätzen ein paarmal ins Stolpern. Es sind nur ein paar Schritte bis zu ihrer Wohnung.

Ich muß noch einmal auf unsere erste Begegnung an jenem Freitagabend vor mehr als einem Jahr in meinem Arbeitszimmer zurückkommen. Während sie sich eingeschüchtert wieder setzte und sich wohl fragte, was ich beschlossen hatte, habe ich den Hörer des Haustelefons abgenommen, um mit meiner Frau zu sprechen.

»Ich bin in meinem Büro und habe noch ein, zwei Stunden zu arbeiten. Geh allein zu der Verabredung, und entschuldige mich beim Polizeipräsidenten und bei unseren Freunden. Sag ihnen, ich hoffte, sie noch beim Kaffee zu sehen. Ich habe das auch ernstlich vor.«

Ohne meine Besucherin anzusehen, bin ich zur Tür gegangen und habe ihr befohlen: »Bleiben Sie sitzen.« Wie zu einem schlechterzogenen Kind habe ich außerdem noch zu ihr gesagt – vielleicht, um sie zu ärgern: »Rühren Sie aber nichts an.«

Ich habe mich in Bordenaves Büro begeben.

»Gehen Sie unten nachsehen, ob dem jungen Mädchen in meinem Büro jemand gefolgt ist.«

»Polizei?«

»Ja. Sie geben mir dann telefonisch Bescheid.«

In meinem Arbeitszimmer bin ich auf und ab gegangen, die Hände auf dem Rücken, wobei Yvette mich unentwegt beobachtete.

»Ist dieser Gaston«, habe ich schließlich gefragt, »vorbestraft?«

»Ich glaube nicht. Er hat nie etwas davon gesagt.«

»Kennen Sie ihn gut?«

»Ziemlich gut.«

»Haben Sie mit ihm geschlafen?«

»Ein paarmal.«

»Ist Ihre Freundin Noémie volljährig?«

»Sie ist gerade zwanzig geworden.«

»Was tut sie?«

»Das gleiche wie ich.«

»Hat sie nie einen Beruf gehabt?«

»Sie hat ihrer Mutter im Laden geholfen. Ein Gemüsegeschäft in der Rue de Chemin-Vert.«

»Ist sie von zu Hause ausgerissen?«

»Sie hielt es dort nicht mehr aus.«

»Ist das schon lange her?«

»Zwei Jahre.«

»Hat ihre Mutter sie nicht suchen lassen?«

»Nein. Ihr ist das egal. Hin und wieder, wenn Noémie abgebrannt ist, geht sie zu ihr, und dann zanken sie sich, machen sich Vorwürfe, aber zum Schluß gibt die Mutter ihr immer ein bißchen Geld.«

»Ist sie einmal festgenommen worden?«

»Noémie? Zweimal. Vielleicht auch öfter, aber davon hat sie mir nichts erzählt.«

»Weswegen?«

»Wegen gewerbsmäßiger Unzucht. Beide Male hat man sie am nächsten Morgen wieder freigelassen, nachdem sie ärztlich untersucht worden war.«

»Sie nicht?«

»Noch nicht.«

Das Telefon hat geläutet. Es war Bordenave.

»Ich habe niemanden gesehen, Chef.«

»Danke. Ich brauche Sie heute abend nicht mehr.«

»Soll ich nicht noch bleiben?«

»Nein.«

»Auf Wiedersehen.«

Ich muß jetzt unbedingt zu dem Warum kommen, und das fällt mir um so schwerer, da ich die absolute Wahrheit sagen möchte. Nicht nur einzelne Wahrheiten, die, äußerlich betrachtet, ein befriedigendes, aber notwendigerweise falsches Ganzes bilden.

Ich habe an jenem Abend Yvette nicht begehrt und auch kein Mitleid mit ihr gehabt. In meiner Laufbahn habe ich zu viele Mädchen von der Sorte kennengelernt. Zwar hatte sie etwas Exaltiertes an sich, das sie von den anderen ein wenig unterschied, aber selbst das war für mich nichts Neues.

Habe ich der Eitelkeit nachgegeben, geschmeichelt durch das Vertrauen, das sie in mich setzte, noch ehe sie mich überhaupt kannte?

Nein, beim besten Willen, so kommt es mir nicht vor. Ich glaube, das alles ist komplizierter, und ein Moriat zum Beispiel hätte sich ebenso wie ich entschieden.

Warum sollte bei meiner Entscheidung nicht der Protest, die Herausforderung den Ausschlag gegeben haben? Man hatte mich gezwungen, schon weit, viel zu weit einen Weg zu gehen, der nicht im Einklang mit meinem Temperament und meinen Neigungen stand. Ich erfreute mich bereits eines großen Rufes, und ich bemühte mich, ohne Hemmung zu tun, was dieser Ruf von mir forderte – ein Ruf, dem ich den Besuch dieses Mädchens und ihren schamlosen Vorschlag zu verdanken hatte.

In meinem Beruf hatte ich mich bis dahin noch nie so weit vorgewagt, mich noch nie einer so schwierigen, um nicht zu sagen unmöglichen Situation ausgesetzt.

Ich habe die Herausforderung angenommen. Ich bin davon überzeugt, das ist die Wahrheit, und seit einem Jahr habe ich Zeit genug gehabt, in diesem Punkt in mich zu gehen.

Mich interessierte nicht Yvette Maudet, die gestrauchelte Tochter eines Lehrers in Lyon und einer ehemaligen Postangestellten, sondern das Problem, das zu lösen ich mir plötzlich vornahm.

Ich setzte mich wieder und machte mir Notizen, während ich genaue Fragen stellte.

»Sie sind in der Nacht vom Mittwoch zum Donnerstag in Ihr Hotel zurückgekehrt, aber in der letzten Nacht nicht dort gewesen. Der Wirt weiß es und wird es der Polizei melden.«

»Ich schlafe mindestens zwei- bis dreimal pro Woche nicht in der Rue Vavin, weil wir in dem Hotel keine Männer aufs Zimmer mitnehmen dürfen.«

»Man wird Sie fragen, wo Sie geschlafen haben.«

»Ich werde es sagen.«

»Wo haben Sie geschlafen?«

»In einer Absteige in der Rue de Berri.«

»Kennt man Sie dort?«

»Ja. Noémie und ich wechseln oft das Quartier. Wir gehen manchmal nach Saint-Germain-des-Prés, manchmal auch auf die Champs-Elysées, manchmal sogar zum Montmartre.«

»Hat der Uhrmacher Sie beide gesehen?«

»Es war in dem Laden ziemlich dunkel, und er hat uns angeblickt, wie man eben Kundinnen anblickt, und sich dann gleich über die Uhr gebeugt.«

»Ihr Pferdeschwanz muß aber jedem sofort auffallen.«

»Er hat ihn nicht bemerkt und seine Frau ebensowenig – aus dem einfachen Grund, weil ich eine Mütze trug.«

»Hatten Sie vorausgesehen, was dann geschehen ist?«

»Für alle Fälle.«

Fast eine Stunde lang habe ich sie so verhört, und ich habe dann einen befreundeten Staatsanwalt in seiner Wohnung angerufen.

»Befaßt sich schon ein Untersuchungsrichter mit dem Raubüberfall auf den Uhrmacher in der Rue de l'Abbé-Grégoire?«

»Interessieren Sie sich für das Mädchen? Sie ist aus mir

unbekannten Gründen immer noch bei der Kriminalpolizei.«

»Ich danke Ihnen.«

Ich habe zu Yvette gesagt:

»Sie gehen jetzt in die Rue Vavin, als ob nichts geschehen wäre, und folgen der Polizei ohne Widerrede und ohne zu erwähnen, daß Sie bei mir gewesen sind.«

Gegen zehn Uhr habe ich mich zu meiner Frau und unseren Freunden in die Avenue du Président Roosevelt begeben, wo sie erst beim Rehbraten waren. Ich habe mit dem Polizeipräsidenten gesprochen und durchblicken lassen, daß ich mich des Falles wahrscheinlich annehmen würde. Am nächsten Morgen bin ich dann zum Quai des Orfèvres gegangen.

Der Fall hat viel, allzuviel Aufsehen erregt, und der kleine Duret ist mir nützlicher gewesen denn je. Ich weiß noch nicht, was aus ihm einmal werden wird. Er ist ein junger Mann, aus dem ich nicht ganz klug werde. Sein Vater, der Geschäftsführer bedeutender Firmen war, hat schwere Schicksalsschläge hinnehmen müssen. Während er noch Jura studierte, hat Duret bei dieser und jener Zeitung Artikel untergebracht, in denen er gewisse Geheimnisse des Pariser Lebens lüftete.

Vor ihm hatte ich einen Mitarbeiter namens Auber, der sich dann aber flügge zu fühlen begann. Duret, der davon wußte, hat sich bereit erklärt, seinen Platz einzunehmen, noch bevor er bei Gericht zugelassen war. Vier Jahre ist er nun schon bei mir und benimmt sich stets sehr korrekt, betrachtet mich indessen, wenn ich ihn mit gewissen Aufgaben betreue, mit einem amüsiert-ironischen Blick.

Er hat den berühmten Gaston in seiner Bar in der Rue de la Gaîté aufgesucht und mir, als er von dort zurückkam, versichert, man könne dem Mann vertrauen. Er ist es auch gewesen, der mit Hilfe eines befreundeten Reporters jene Tatsachen im Leben des Uhrmachers entdeckt hat, die zu einem unerwarteten Verlauf des Prozesses führten.

Der Fall hätte von der Strafkammer verhandelt werden können. Ich bestand jedoch darauf, daß er vor das Schwurgericht kam. Die Frau des Uhrmachers, die nicht gestorben war, trug noch eine schwarze Binde über dem Auge. Die Ärzte glaubten, es nicht mehr retten zu können.

Die Verhandlung war stürmisch, immer wieder mußte der Gerichtsvorsitzende drohen, er werde den Saal räumen lassen. Alle meine Kollegen, alle Richter haben sich geirrt. Für sie waren Yvette Maudet und Noémie Brand des versuchten Raubüberfalls in der Rue de l'Abbé-Grégoire schuldig. Es ging um die Frage, die die Zeitungen in großen Schlagzeilen brachten:

*Wird Rechtsanwalt Gobillot einen Freispruch erreichen?*

Am Ende des zweiten Verhandlungstages schien das unmöglich, und auch meine Frau glaubte nicht daran. Sie hat es mir nie gestanden, aber ich weiß, daß sie glaubte, ich sei zu weit gegangen. Es war ihr peinlich.

Viel Schmutz ist im Laufe der Verhandlung aufgewirbelt worden, und im Gerichtssaal wurde verschiedentlich gerufen:

»Genug!«

Manche Kollegen zögerten – einige tun es jetzt noch –,

mir die Hand zu geben, und ich bin nie so nahe daran gewesen, aus der Anwaltskammer ausgeschlossen zu werden.

Mehr als jeder andere hat mir dieser Prozeß die Erregung einer Wahlkampagne oder eines großen politischen Manövers gezeigt, bei dem alle Scheinwerfer auf einen gerichtet sind und man um jeden Preis und mit allen Mitteln gewinnen muß.

Meine Zeugen waren allesamt zwielichtige Gestalten, aber nicht einer war vorbestraft, und keiner hat sich widersprochen oder auch nur einen Augenblick gezögert.

Ich ließ zwanzig Prostituierte vom Montparnasse aufmarschieren, die alle mehr oder weniger Yvette und Noémie ähnelten und unter Eid aussagten, daß der vom Staatsanwalt als Prototyp des anständigen Handwerkers hingestellte alte Uhrmacher in Wirklichkeit ein Lüstling war und in Abwesenheit seiner Frau Mädchen zu sich lockte.

Ich verdankte diese Entdeckung Duret. Er wiederum wußte es von einem Mann, der mich mehrmals angerufen hatte, ohne seinen Namen nennen zu wollen. Dadurch änderte sich das Bild meines Gegners. Ich konnte auch beweisen, daß er wiederholt gestohlene Uhren weiterverkauft hatte.

Wußte er, daß sie gestohlen waren? Ich habe keine Ahnung, es geht mich auch nichts an.

Seine Frau war gerade an jenem Abend abwesend – sie war in die Rue de Cherche-Midi gegangen, um ihre Schwiegertochter, die ein Kind erwartete, zu besuchen. Warum, sagte ich, hätte der Uhrmacher das nicht ausnutzen sollen, um wieder einmal zwei Mädchen von der Straße in seinen

Laden zu locken, die sich dann die Gelegenheit nicht entgehen lassen wollten?

Ich habe nicht versucht, ein schmeichelhaftes Bild meiner Klientinnen zu zeichnen, im Gegenteil, ich habe sie noch verworfener geschildert, als sie sind, und das war meine erfolgreichste Taktik.

Ich habe sie zugeben lassen, daß sie das Verbrechen durchaus hätten begehen können, wenn sich ihnen die Gelegenheit geboten hätte – was aber nicht der Fall gewesen sei, da sie sich zur Tatzeit in Gastons Bar aufgehalten hätten.

Ich sehe den kahlköpfigen Uhrmacher und seine Frau mit der schwarzen Binde über dem Auge noch vor mir, wie sie während der dreitägigen Verhandlung in der ersten Reihe nebeneinandersaßen. Ich sehe ihre wachsende Betroffenheit, ihre Entrüstung, die sich zu solcher Heftigkeit steigerte, daß sie schließlich nicht mehr wußten, wohin sie ihre Blicke wenden sollten.

Die beiden werden nie begreifen, was ihnen geschehen ist noch weshalb ich mich mit soviel Grausamkeit befleißigt habe, das Bild zu zerstören, das sie von sich selber hatten. Ich bin davon überzeugt, daß sie sich heute noch nicht davon erholt haben, daß sie sich nie wieder so fühlen werden wie vorher, und ich frage mich, ob die einäugige Alte überhaupt noch wagt, ihre Schwiegertochter in der Rue de Cherche-Midi zu besuchen.

Wir haben nie darüber gesprochen, Viviane und ich. Während der Urteilsverkündung, die mit Hohngelächter aufgenommen wurde, hielt sie sich im Flur auf. Als ich mit wehender Robe den Gerichtssaal verließ und den Journalisten, die mich bestürmten, jede Erklärung verweigerte, ist sie mir nur stumm nachgegangen.

Sie weiß, daß das ihre Schuld ist. Sie hat es verstanden. Ich bin nicht sicher, ob es sie nicht erschreckt hat, daß ich so weit gegangen bin, aber sie bewundert mich deswegen.

Sah sie das Ende voraus? Wahrscheinlich. Wir haben die Gewohnheit, nach Prozessen, die eine starke nervliche Anspannung fordern, in der Stadt zu essen und einen Teil des Abends in Lokalen zu verbringen, um uns zu entspannen.

So war es auch an jenem Abend. Überall, wo wir hereinkamen, beobachtete man uns neugierig, mehr denn je waren wir das legendäre Raubtierpaar.

Viviane war sehr tapfer. Nicht einen Augenblick hat sie mit der Wimper gezuckt. Sie ist drei Jahre älter als ich, geht also auf die Fünfzig zu, aber wenn sie es darauf anlegt, ist sie schöner und anziehender als viele Dreißigjährige. Ihre Augen vor allem haben einen Glanz, ja eine Glut, die ich nur an ihr kenne, und ihr Lächeln hat etwas Spöttisch-Heiteres, das es zu einer gefährlichen Waffe macht.

Sie gilt als boshaft, aber das ist sie nicht. Sie geht einfach ihren Weg wie Corinna den ihren, gleichgültig gegenüber Klatsch. Sie macht sich nichts daraus, ob man sie liebt oder haßt, erwidert jedes Lächeln und zahlt alles mit gleicher Münze heim. Der Unterschied zwischen ihr und Corinna ist, daß Corinna äußerlich sanft und milde erscheint, während Viviane ihre aggressive Vitalität nie verleugnet.

»Wo ist sie jetzt?« hat sie mich gegen zwei Uhr morgens gefragt.

Sie sprach im Singular. Viviane hatte also Noémie immer nur als Komparsin betrachtet. Im Justizpalast wußten auch alle Bescheid, denn die arme Noémie, mit ihrem großen unförmigen Körper, ihren Kuhaugen, der eigensinnigen Stirn, kann keinem etwas vormachen.

»In einem kleinen Hotel am Boulevard Saint-Michel. Ich wollte, daß sie, um es denen zu zeigen, in die Rue Vavin zurückkehrt, aber der Wirt hat behauptet, alle seine Zimmer seien belegt.«

Hat sie daran gedacht, daß der Boulevard Saint-Michel sich ganz in der Nähe unserer Wohnung und des Justizpalastes befindet? Ich zweifle nicht daran. Dennoch habe ich es nicht mit Absicht getan.

In der Zeit, die zwischen Yvettes Verhaftung und ihrer Freilassung lag, ist mir klargeworden, daß ich mich nicht wieder von ihr trennen würde, auch nicht vom Bild ihres nackten Bauches, so wie ich ihn in meinem Büro gesehen hatte.

Warum? Bis heute habe ich keine Antwort darauf gefunden. Ich bin weder lasterhaft noch besonders triebhaft. Viviane ist nie eifersüchtig gewesen, und ich habe die Abenteuer gehabt, die ich haben wollte. Fast alle waren flüchtig und viele ohne Genuß für mich.

Ich habe zu viele Mädchen aller Arten gesehen, um mich wie andere Männer in meinem Alter von einem gestrauchelten jungen Ding erweichen zu lassen, und Yvettes Schamlosigkeit ist mir ebenso gleichgültig wie das, was sie sich noch an Unschuld bewahrt hat.

Während der Untersuchung habe ich sie im Gefängnis aufgesucht, ohne auch nur ein einziges Mal meine streng berufliche Haltung abzulegen. Aber meine Frau wußte es schon.

Yvette ebenfalls.

Am meisten wundert mich, daß Yvette so geschickt war, es sich nicht anmerken zu lassen. Ich war ganz der Anwalt und sie ganz die Klientin. Wir bereiteten zusammen die Antworten vor, die sie auf die Fragen des Richters geben sollte. Selbst was ihren Fall betraf, informierte ich sie über meine Entdeckungen nur so weit, wie es unbedingt nötig war.

In der Nacht nach dem Prozeß hat mich meine Frau um vier Uhr morgens, als wir das letzte Nachtlokal verließen und sie sich ans Steuer setzte, gefragt, als wäre es ganz selbstverständlich:

»Willst du nicht zu ihr gehen?«

Ich hatte schon den ganzen Abend daran gedacht, aber aus Stolz und Achtung vor ihr wollte ich dieser Versuchung nicht nachgeben. War es nicht lächerlich oder widerwärtig, wenn ich gleich in der ersten Nacht zu ihr stürzte, um meine Belohnung zu fordern?

War meine Begierde so stark, daß sie mir im Gesicht geschrieben stand?

Ich habe nicht geantwortet. Meine Frau ist die Rue de Clichy hinuntergefahren, hat die großen Boulevards überquert, und ich wußte, daß ihr Ziel nicht die Ile Saint-Louis, sondern der Boulevard Saint-Michel war.

»Was hast du mit der anderen gemacht?« hat sie mich dann gefragt, in der Gewißheit, daß ich sie bereits abgeschüttelt hatte.

Ich hatte Noémie dringend geraten, zumindest für eine Weile zu ihrer Mutter zurückzukehren.

Ich möchte einem Mißverständnis vorbeugen. Wenn ich

von meiner Frau so spreche, wie ich es im Augenblick tue, könnte man auf den Gedanken kommen, daß sie mich sozusagen in Yvettes Arme getrieben hat. Nichts ist weiter von der Wahrheit entfernt. Ich bin sicher, obwohl sie es nie zugeben wird, daß sie eifersüchtig ist, daß sie unter meinen Liebesabenteuern gelitten oder sich zumindest beunruhigt hat. Aber sie ist eine gute Spielerin. Sie blickt der Wahrheit ins Gesicht und findet sich von vornherein damit ab, daß es nicht in ihrer Macht steht, mich daran zu hindern.

Wir sind an dem dunklen Justizpalast vorübergekommen, und am Boulevard Saint-Michel hat sie gemurmelt: »Noch weiter?«

»Fahr bis zur Ecke der Rue Monsieur-le-Prince. Da ist der Eingang.«

Als sie hielt, habe ich noch gezögert, weil ich mich schämte.

»Gute Nacht«, hat sie leise gesagt, und dann hat sie mich wie jeden Abend geküßt.

Als ich allein dort auf dem Gehsteig stand, wurden mir die Augen feucht, und ich wollte sie schon zurückwinken, aber der Wagen bog bereits in die Rue Soufflot ein.

Das Hotel war dunkel. Nur hinter der Milchglasscheibe der Tür sah man noch ein schwaches Licht. Der Nachtportier hat mir geöffnet und gebrummt, es sei kein Zimmer mehr frei. Ich habe ihm darauf ein Trinkgeld in die Hand gedrückt und gesagt, ich würde in Nr. 37 erwartet.

Das stimmte, obwohl wir es nicht verabredet hatten. Yvette schlief, aber sie war nicht überrascht, als ich an die Tür klopfte.

»Einen Augenblick.«

Ich habe gehört, wie sie den Lichtschalter drehte und dann auf nackten Füßen im Zimmer hin und her ging. Als sie mir schließlich aufmachte, knöpfte sie sich noch den Morgenrock zu.

»Wie spät ist es?«

»Halb fünf.«

Sie schien verwundert, als ob sie sich fragte, was mich so lange aufgehalten hätte.

»Geben Sie mir Ihren Hut und Mantel.«

Es war ein kleines Zimmer mit einem Messingbett und einem geöffneten Koffer am Fußboden, aus dem Wäsche hervorquoll.

»Entschuldigen Sie die Unordnung. Ich habe mich gleich, nachdem ich herkam, hingelegt.«

Ihr Atem roch nach Schnaps, aber sie war nicht betrunken. Was mochte ich wohl für einen Eindruck machen, wie ich da so in meiner Straßenkleidung mitten im Zimmer stand?

»Wollen Sie sich nicht auch hinlegen?«

Das schwierigste war, mich auszuziehen. Ich hatte kein Verlangen danach. Ich hatte nach nichts Verlangen, aber ich hatte auch nicht den Mut, wieder zu gehen.

»Komm her«, befahl ich.

Sie kam auf mich zu, hielt mir ihr Gesicht hin, aber ich drückte sie nur an mich, ohne ihre Lippen zu berühren, dann plötzlich streifte ich ihr den Morgenrock ab, unter dem sie nackt war.

Mit einer brutalen Bewegung stieß ich sie auf das Bett und stürzte mich auf sie, während sie zur Decke starrte. Ich habe sie genommen, als ob ich mich an ihr rächen wollte.

»Was hast du?« hauchte sie. Sie duzte mich zum ersten Mal.

»Nichts!«

Meine Begierde war mir plötzlich vergangen. Ich erhob mich und stammelte: »Verzeih mir.«

»Du hast zuviel daran gedacht«, sagte sie.

Das hätte die Erklärung sein können, aber das war es nicht. Im Gegenteil, ich hatte mich geweigert, daran zu denken. Ich wußte es, aber ich hatte nicht daran gedacht. Außerdem ist mir das auch schon mit andern Mädchen passiert.

»Zieh dich aus, und leg dich zu mir. Mich friert.«

Mußte es sein? Wäre alles anders geworden, wenn ich nein gesagt hätte und gegangen wäre?

Ich weiß es nicht. Wußte sie, was sie tat, als sie kurz darauf den Arm ausstreckte, um das Licht auszuknipsen, und sich an mich schmiegte? Ich spürte, wie sie immer wieder zögernd und innehaltend, wohl um mich nicht zu erschrekken, Besitz von mir ergriff.

Wir schliefen noch nicht, als in einem Nebenzimmer ein Wecker schrillte, und später hörten wir, wie Gäste hinter den Wänden aufstanden.

»Schade, daß ich nichts da habe, um dir Kaffee kochen zu können. Ich muß mir einen Spirituskocher kaufen.«

Hinter dem Vorhang wurde es schon hell, als ich sie um sieben Uhr verließ. Ich habe in einem Lokal am Boulevard Saint-Michel eine Tasse Kaffee getrunken und mich dabei in dem Spiegel hinter der Kaffeemaschine betrachtet.

Am Quai d'Anjou bin ich nicht in mein Schlafzimmer hinaufgegangen, sondern habe mich gleich in mein Büro gesetzt, wo wie gewöhnlich von acht Uhr an immer wieder das Telefon geläutet hat. Bald darauf kam Bordenave und brachte mir die Morgenzeitungen, deren Schlagzeilen ungefähr lauteten:

*Rechtsanwalt Gobillot hat gewonnen.*

Als hätte es sich um einen sportlichen Wettkampf gehandelt.

»Sind Sie zufrieden?«

Hat meine Sekretärin geahnt, daß ich auf diesen Sieg nicht stolz war? Sie ist mir ergebener als irgendein Mensch auf der Welt, einschließlich Viviane, und wenn ich etwas Schändliches täte und alle sich von mir abwenden würden, wäre sie wahrscheinlich die einzige, die mich nicht im Stich ließe.

Sie ist fünfunddreißig Jahre alt. Als ich sie engagierte, war sie neunzehn. Nie habe ich in all den Jahren gehört, daß sie ein Liebeserlebnis hatte. Meine Mitarbeiter sind ebenso wie meine Frau einhellig der Meinung, sie sei noch Jungfrau.

Ich habe ihr nicht nur nicht den Hof gemacht, sondern bin zu ihr grundlos ungeduldiger und härter als jedem anderen gegenüber. Oft bin ich ungerecht, und unzählige Male habe ich sie zum Weinen gebracht, weil sie nicht schnell genug eine Akte fand, die ich verlegt hatte.

Merkt sie, daß ich aus Yvettes Bett komme? Eines Tages wird sie alles wissen, denn als meiner engsten Mitarbeiterin bleibt ihr nichts von meinem Tun und Lassen verborgen.

Weint sie vielleicht, allein in ihrem Büro? Ist sie eifersüchtig? Liebt sie mich? Und wenn: Was für eine Vorstellung hat sie von mir als Mann?

Meine erste Verabredung war auf zehn Uhr angesetzt. So hatte ich noch Zeit, ein Bad zu nehmen und mich umzuziehen. Ich habe Viviane, die noch schlief, nicht geweckt und habe sie erst am Abend wiedergesehen, da ich an diesem Tage im ›Café de Paris‹ mit einem Klienten, den ich am Nachmittag zu verteidigen hatte, zu Mittag essen mußte.

Ein Jahr ist seitdem vergangen.

Ich kannte Moriat damals schon. Wir trafen uns bei Corinna, wo wir oft in einer Ecke beieinandersaßen und uns unterhielten. Warum hat mich Moriat, ehe ich Yvette kennenlernte, nie so angesehen wie am letzten Sonntag? Trug ich damals noch nicht das Zeichen, oder war es noch nicht sichtbar genug?

# 3

*Samstag, den 12. November*

Es ist zehn Uhr abends. Ich bin erst in mein Büro hinuntergegangen, nachdem meine Frau fort war. Sie ist mit Corinna und anderen Freundinnen zur Eröffnung der ersten Ausstellung von Bildern Marie-Lous, der Geliebten Lanniers, in eine Galerie in der Rue Jacob gegangen. Es wird Champagner geben, und wahrscheinlich wird es bis in die frühen Morgenstunden dauern. Um nicht mitgehen zu müssen, habe ich vorgegeben, mir würde die Hitze in dem Raum unerträglich sein. Er ist kaum größer als ein normales Eßzimmer, aber es werden sich an die hundert Personen dort versammeln.

Marie-Lou scheint ein wirkliches Talent zu sein. Erst vor zwei Jahren, während eines Aufenthalts in Saint-Paul-de-Vence, hat sie zu malen begonnen. Sie lebt mit Lannier in einer Wohnung in der Rue de la Faisanderie zusammen. Beide sind verheiratet, Lannier mit einer Kusine, die sehr häßlich sein soll und von der er sich schon vor zwanzig Jahren getrennt hat, Marie-Lou mit einem Industriellen in Lyon, Morilleux, einem Freund Lanniers, mit dem er noch in geschäftlicher Verbindung steht. Soviel ich weiß, haben sich alle gütlich und in Frieden geeinigt.

Sie und Lannier waren gestern abend zum Essen bei uns,

zusammen mit einem belgischen Politiker, der für ein paar Tage in Paris zu tun hat, einem Mann von der Akademie, den wir oft einladen, und einem südamerikanischen Gesandten und dessen Frau.

Wir geben jede Woche ein oder zwei solcher Diners mit acht oder zehn Gästen. Viviane als gewandter Dame des Hauses wird das nie zuviel. Der Gesandte war nicht zufällig bei uns. Lannier hat ihn mir zugeführt, und als Kaffee und Liköre gereicht wurden, hat dieser mit ein paar Worten angedeutet, was er mit mir demnächst besprechen möchte. Es handelt sich um einen mehr oder weniger legalen Waffenhandel, wenn ich richtig verstanden habe, mit dem er politische Ziele verfolgen will, ohne dabei in Konflikt mit der französischen Regierung zu kommen.

Er ist ein junger Mann von höchstens fünfunddreißig Jahren, sieht ausgezeichnet aus, obwohl er schon einen Bauchansatz hat. Seine Frau ist eines der schönsten Geschöpfe, die mir je begegnet sind. Man spürt, wie verliebt sie in ihren Mann ist. Sie läßt ihn nie aus den Augen, ist so jung und frisch, daß man glauben könnte, sie sei eben erst aus der Schule gekommen.

Auf welches Abenteuer wird er sich einlassen? Ich kann nur mutmaßen, aber ich habe allen Anlaß anzunehmen, daß es um den Sturz der Regierung seines Landes geht, in dem sein Vater einer der reichsten Männer ist. Sie haben zwei Kinder – sie haben uns Fotos gezeigt –, und die Gesandtschaftsvilla ist eine der entzückendsten im Bois de Boulogne.

Ich konnte es kaum erwarten, daß sie gingen, denn ich brannte darauf, mich noch in die Rue de Ponthieu zu begeben. Ich habe in dieser Woche drei Nächte dort verbracht, und ich würde auch heute hingehen, wenn der Samstag nicht ›ihr‹ Tag wäre.

Es ist besser, nicht darüber nachzudenken. Als ich heute früh um halb sieben – es begann gerade hell zu werden – im Taxi zurückfuhr, wütete in Paris ein heftiger Sturm. Dachziegel wurden heruntergerissen und Bäume entwurzelt, darunter einer in der Avenue des Champs-Elysées. Viviane hat mir später berichtet, daß einer der Fensterläden die ganze Nacht geklappert hat. Gegen Mittag haben ihn Handwerker repariert.

Als ich in mein Büro kam – ich werfe immer einen Blick hinein, ehe ich hinaufgehe, um ein Bad zu nehmen –, habe ich zuerst einmal nach meinem Clochard-Paar unter dem Pont-Marie ausgespäht. Bis neun Uhr hat sich unter den im Wind flatternden Lumpen nichts bewegt. Als dann endlich der Mann, der mit seinem zu weiten und zu langen Rock, seinem struppigen Bart und seinem verbeulten Hut wie ein Zirkusclown aussieht, herauskam, stellte ich zu meiner Überraschung fest, daß dort noch zwei Gestalten lagen. Hat er eine zweite Gefährtin aufgelesen? Oder hat sich ihnen ein Kamerad zugesellt?

Der Wind weht immer noch, aber nicht mehr so stürmisch, und für morgen ist Kälte, ja, sogar Frost angesagt.

Im Laufe der Woche habe ich viel über das nachgedacht, was ich bisher geschrieben habe. Dabei ist mir bewußt geworden, daß ich nur von dem Mann gesprochen habe, der ich jetzt bin. Ich habe zwei oder drei haarsträubende Gerüchte zerstört, aber ich werde noch andere zerstören müssen, und dafür muß ich noch weiter zurückgehen.

Meines Aussehens wegen zum Beispiel glaubt man allgemein – selbst Leute, die mich gut zu kennen meinen –, daß ich einer jener Männer bin, die eben erst vom Lande gekommen sind und denen, wie man im vorigen Jahrhundert sagte, noch die Scholle an den Schuhen klebt. So oder wenigstens ungefähr so ist es bei Jean Moriat. In manchen Berufen und auch in dem meinen ist das übrigens sehr nützlich, weil es Vertrauen erweckt. Aber ich muß sagen, daß es auf mich absolut nicht zutrifft.

Ich bin in Paris geboren, in einem Entbindungsheim im Faubourg Saint-Jacques. Mein Vater, der fast sein ganzes Leben in der Rue Visconti hinter der Académie française gewohnt hat, stammte aus einer der ältesten Familien von Rennes. An den Kreuzzügen haben Gobillots teilgenommen, später findet man einen Gobillot, der Hauptmann der Musketiere war, und viele andere sind Advokaten gewesen, einige davon mehr oder weniger berühmte Mitglieder des Parlaments der Bretagne.

Mich macht das nicht sonderlich stolz. Meine Mutter, die Louise Finot hieß, war die Tochter einer Wäscherin in der Rue des Tournelles. Zu jener Zeit, da sie ein Verhältnis mit meinem Vater hatte, verkehrte sie in den Lokalen am Boulevard Saint-Michel. Es ist wenig wahrscheinlich, daß sich aus meiner Herkunft mein Charakter erklärt oder gar die Art der Lebensform, die ich mir gewählt habe, wenn man da überhaupt von einer Wahl sprechen kann.

Mein Großvater Gobillot in Rennes führte noch das Leben eines Großbürgers und wäre Gerichtspräsident geworden, hätte ihn nicht mit fünfzig Jahren eine Embolie dahingerafft.

Mein Vater, der nach Paris gekommen war, um Jura zu studieren, ist sein Leben lang hiergeblieben und wurde bis zu seinem Tode – er ist erst vor kurzem gestorben – von der alten Pauline betreut. Sie war schon im Hause seines Vaters, als er geboren wurde, obwohl sie nur zwölf Jahre älter ist als er. Damals war es üblich, die Kinder von kleinen Mädchen hüten zu lassen, und Pauline, die selbst noch ein Kind war, als meine Großeltern sie engagierten, ist bis zu seinem Tode bei meinem Vater geblieben.

Wollte mein Vater nichts von mir wissen, als ich geboren wurde? Ich weiß es nicht. Ich habe ihn nie danach gefragt und auch Pauline nicht, die noch lebt. Sie ist heute vierundachtzig Jahre alt, und ich besuche sie hin und wieder. Sie versorgt zwar immer noch ihren Haushalt in der Rue Visconti, hat aber ihr Gedächtnis fast völlig verloren und kann sich nur an jene fernen Zeiten erinnern, als mein Vater ein Junge in kurzen Hosen war. Vielleicht hat er nicht geglaubt, daß Louise Finots Kind wirklich von ihm war, vielleicht aber hat er auch noch eine andere Geliebte gehabt.

Jedenfalls habe ich meine beiden ersten Lebensjahre als Pflegekind in Versailles verbracht. Eines schönen Tages hat mich meine Mutter abgeholt und in die Rue Visconti gebracht.

»Das ist dein Sohn, Blaise«, soll sie gesagt haben.

Sie war damals wieder schwanger, und wie Pauline mir oft erzählt hat, fuhr sie dann fort:

»Ich heirate nächste Woche. Prosper weiß nichts von dem Kind. Wenn er davon erführe, würde er mich vielleicht nicht heiraten, und ich möchte nicht mein Glück aufs Spiel setzen, denn er ist ein rechtschaffener Mann, der Arbeit hat und nicht trinkt. Ich bin darum gekommen, um dir Lucien zurückzubringen.«

Von dem Tage an habe ich in der Rue Visconti gelebt, unter den Fittichen Paulines, für die ein Kind ein so geheimnisvolles Wesen war, daß sie kaum wagte, mich anzurühren.

Meine Mutter hat tatsächlich einen Verkäufer von Allez Frères geheiratet, den ich später in der Eisenwarenabteilung eines der Warenhäuser von Châtelet, wo ich Gartenstühle für unser Haus in Sully kaufte, im grauen Kittel gesehen habe. Sie haben fünf Kinder bekommen, meine Halbbrüder und Halbschwestern also, die ich aber nicht kenne und die gewiß ein stilles, arbeitsames Leben führen.

Im vorigen Jahr ist Prosper gestorben. Meine Mutter hat mir die Todesanzeige geschickt. Ich bin zwar nicht zu der Beerdigung gegangen, habe aber Blumen geschickt. Seitdem war ich zweimal kurz bei meiner Mutter, die jetzt in einem kleinen Haus in Saint-Maur wohnt.

Wir haben uns nichts zu sagen. Es gibt nichts Gemeinsames zwischen uns. Sie sieht mich wie einen Fremden an und murmelt nur:

»Du scheinst es weit gebracht zu haben. Nun, um so besser, wenn du glücklich bist.«

Mein Vater war ebenfalls Rechtsanwalt und hatte sein Büro in der Wohnung in der Rue Visconti. Hat er zu lange das Leben eines alternden Studenten geführt? Ich kann das schwer beurteilen. Äußerlich gleiche ich ihm nicht, denn er war ein schöner, rassiger Mann von einer Eleganz, die ich bei manchen Männern seiner Generation bewundert habe.

Er war sehr gebildet und verkehrte mit Dichtern, Künstlern, Träumern und Mädchen, und meistens sah man ihn ein wenig schwankend erst gegen zwei Uhr früh nach Hause kommen.

Manchmal brachte er eine Frau mit, die eine Nacht oder einen Monat bei uns blieb, ja, bisweilen noch länger, wie zum Beispiel eine gewisse Léontine. Sie hatte sich so im Hause eingenistet, daß ich darauf gefaßt war, er würde sie schließlich heiraten.

Mich bedrückte das nicht, im Gegenteil. Ich war vielmehr stolz darauf, in einer ganz anderen Atmosphäre als meine Schulkameraden zu leben. Noch stolzer machte es mich, wenn mein Vater mir wie einem Mitverschworenen zuzwinkerte, wenn Pauline eine neue ›Untermieterin‹ in der Wohnung entdeckt hatte und ein Gesicht zog.

Ich erinnere mich, daß sie eine der Damen vor die Tür gesetzt hat, mit einer für ein so winziges Geschöpf überraschenden Energie. Mein Vater war natürlich nicht anwesend, er war gewiß im Justizpalast, und sie schrie das Mädchen an, sie sei so dreckig wie ein Putzlappen und habe ein so loses Maul, daß sie nicht eine Stunde länger unter einem anständigen Dach bleiben könne.

Ist mein Vater unglücklich gewesen? Er lächelte fast immer, aber es war ein Lächeln ohne Heiterkeit. Er hatte zuviel Scham, um sich zu beklagen, und verstand es wie kein anderer, eine heitere Atmosphäre um sich zu verbreiten.

Als ich zu studieren begann, war er mit seinen fünfzig Jahren noch ein schöner Mann, aber er vertrug das Trinken nicht mehr und blieb manchmal tagelang im Bett.

Er hat meine Anfänge bei Rechtsanwalt Andrieu noch

miterlebt. Und zwei Jahre später hat er an meiner Hochzeit teilgenommen. Ich bin davon überzeugt, daß er darunter litt, als ich fortging, obwohl wir in der Rue Visconti ebenso ungebunden und unabhängig wie die Gäste einer Familienpension lebten – das ging so weit, daß wir uns manchmal drei Tage lang nicht zu Gesicht bekamen.

Die alternde Pauline verlor ihre gute Laune und ihre Nachsicht, behandelte ihn nicht mehr als den Herrn, sondern hielt ihn am Gängelband, zwang ihm eine Diät auf, die ihm höchst zuwider war, machte Jagd auf Flaschen, die er darum verstecken mußte, und ging ihn sogar abends in den Kneipen des Viertels suchen.

Mein Vater und ich haben uns nie irgendwelche Fragen gestellt. Wir haben nie miteinander über unser Privatleben gesprochen, schon gar nicht über unsere Gedanken und Gefühle.

Noch heute weiß ich nicht, ob Pauline zu einer gewissen Zeit für ihn etwas anderes als eine Gouvernante gewesen ist. Er ist mit einundsiebzig Jahren gestorben, wenige Minuten nachdem ich ihn besucht hatte, als ob er absichtlich damit gewartet hätte, um mir den Anblick seines Todes zu ersparen.

Ich mußte davon sprechen, nicht aus kindlicher Zuneigung, sondern weil die Wohnung in der Rue Visconti vielleicht einen gewissen Einfluß auf meine geheimen Neigungen gehabt hat. Für mich ist das Arbeitszimmer meines Vaters mit den bis zur Decke reichenden Bücherregalen, mit den Butzenscheiben, durch die man im Hintergrund eines mittelalterlichen Hofs das Atelier Delacroix' sah, das Urbild eines Ortes geblieben, wo es sich gut leben läßt.

Als ich die Universität besuchte, hatte ich keinen Ehrgeiz, schnell Karriere zu machen, sondern wollte ein beschauliches Leben führen. Ich strebte nicht danach, Strafverteidiger, sondern ein gut beschäftigter Notar zu werden. Ist das noch heute mein Traum? Ich möchte mir die Frage lieber nicht stellen. Ich bin immer so etwas wie ein Musterschüler gewesen, und wenn mein Vater nachts heimkam, brannte in meinem Zimmer, wo ich oft bis in die Morgendämmerung gearbeitet habe, meist noch Licht.

Meine Professoren hatten genau die gleiche Vorstellung von meiner künftigen Laufbahn wie ich, so daß sie sich, ohne mir etwas davon zu sagen, an Rechtsanwalt Andrieu wandten, der damals Präsident der Anwaltskammer war und noch heute als einer der besten Anwälte der letzten fünfzig Jahre gilt.

Ich sehe die Visitenkarte noch vor mir, die ich eines Morgens in meiner Post fand und auf der unter dem gedruckten Namen in einer sehr feinen, gestochenen Handschrift ein paar Zeilen standen.

RECHTSANWALT ROBERT ANDRIEU

*wäre Ihnen dankbar, wenn Sie ihn in diesen Tagen zwischen 10 und 12 Uhr in seinem Büro, Boulevard Malesherbes 66, aufsuchen würden.*

Ich habe diese Karte bestimmt aufgehoben, sie liegt wahrscheinlich mit anderen Erinnerungen in einem Karton. Ich war damals fünfundzwanzig Jahre alt. Andrieu war nicht nur eine Leuchte der Anwaltschaft, sondern einer der elegantesten Männer des Justizpalastes. Man sagte, daß er ein üppiges Leben führe. Seine Wohnung imponierte mir sehr, noch mehr das riesige, zugleich strenge und mit raffiniertem Geschmack eingerichtete Arbeitszimmer, dessen Fenster auf den Parc Monceau gingen.

Später habe ich mir lächerlicherweise genauso eine schwarze, mit Seidentresse eingefaßte Samtjacke bestellt, wie er sie an jenem Morgen trug. Ich möchte aber gleich hinzufügen, daß ich sie nie angezogen und sie verschenkt habe, bevor Viviane sie zu Gesicht bekam.

Andrieu bot mir an, mein Volontariat bei ihm zu machen, was um so erstaunlicher war, da er bereits drei bekannte Anwälte als Assistenten beschäftigte.

Ich will nicht sagen, daß er meinem Vater äußerlich ähnelte, aber die beiden Männer hatten trotz ihrer verschiedenen Schicksale etwas Verwandtes, eine Ähnlichkeit, die vielleicht nur durch die Zeit bedingt war. Sie waren zum Beispiel peinlich höflich im Umgang mit anderen, wenn er auch noch so flüchtig war. Sie hatten eine solche Achtung vor dem Menschen, daß sie mit einem Dienstmädchen im gleichen Ton wie mit einer Frau von Welt sprachen. Vor allem aber hat mich die Ähnlichkeit ihres Lächelns frappiert, unter dem sich Trauer – oder Sehnsucht – so verbarg, daß man sie höchstens ahnen konnte.

Andrieu genoß nicht nur einen ungewöhnlichen Ruf als Jurist, sondern war auch ein Modeanwalt, und zu seinen Klienten gehörten Künstler, Schriftsteller und Opernstars.

Wir arbeiteten zu zweit im gleichen Büro, ein großer, rothaariger junger Mann, der später Politiker geworden ist, und ich. Von dem mondänen Leben unseres Chefs drang kaum etwas zu uns. Am Anfang habe ich ihn einen ganzen

Monat nicht gesehen. Meine Akten und alle Arbeitsanweisungen erhielt ich von einem gewissen Mouchonnet, der seine rechte Hand war.

Abends fand oft ein großes Diner oder ein Empfang statt. Zwei- oder dreimal hatte ich im Fahrstuhl Madame Andrieu gesehen, die viel jünger war als ihr Mann. Man sprach von ihr als einer der schönsten Frauen von Paris, und in meinen Augen war sie ein unerreichbares Wesen.

Soll ich gestehen, daß meine erste Erinnerung an Viviane der Duft ihres Parfüms ist, den ich eines Nachmittags roch, als ich den Fahrstuhl bestieg, den sie soeben verlassen hatte? Ein anderes Mal sah ich sie selbst, wie sie, ganz in Schwarz, mit einem Schleier vor den Augen, in die Limousine stieg, deren Schlag ihr der Chauffeur offenhielt.

Nichts ließ voraussehen, daß sie meine Frau werden würde, und doch ist sie es geworden.

Sie kam nicht, wie viele hübsche Frauen, aus der Halbwelt oder vom Theater, sondern aus einer gutbürgerlichen Provinzfamilie. Ihr Vater, der Sohn eines Arztes in Perpignan, war damals Gendarmeriehauptmann. Infolge der vielen Versetzungen hat er mit seiner Familie hier und dort in Frankreich gelebt und sich schließlich nach seiner Pensionierung in die heimatlichen Pyrenäen zurückgezogen, wo er heute Bienen züchtet.

Im letzten Frühling haben wir ihn besucht. Manchmal kommt er auch – seit er Witwer ist, allerdings seltener – für einige Tage nach Paris.

Ich wußte am Anfang nicht, daß Andrieu ungefähr alle zwei Monate ein Abendessen für seine Mitarbeiter gab. Bei einem dieser Diners bin ich Viviane vorgestellt worden. Sie war zu jener Zeit achtundzwanzig Jahre alt und seit sechs Jahren verheiratet. Andrieu selber war schon über die Fünfzig hinaus und hatte nach seiner ersten Ehe, aus der ein Sohn hervorgegangen war, lange allein gelebt. Dieser fünfundzwanzigjährige Sohn befand sich in einem Schweizer Sanatorium, und ich glaube, er ist inzwischen gestorben.

Wie ich schon gesagt habe, bin ich häßlich. Ich verhehle diese Häßlichkeit nicht, was mir ein Recht gibt, hinzuzufügen, daß sie durch den Eindruck von Macht oder vielmehr Lebensintensität ausgeglichen wird. Dies ist übrigens einer meiner Trümpfe bei Gericht. Die Zeitungen haben so oft von meiner magnetischen Kraft gesprochen, daß ich das erwähnen darf.

Diese konzentrierte Vitalität scheint mir die einzige Erklärung für das Interesse zu sein, das mir Viviane vom ersten Tag an entgegengebracht hat, ein Interesse, das bisweilen an Faszination grenzte.

Als jüngster der Gäste saß ich bei jenem Essen ziemlich weit weg von ihr, aber ich spürte, wie sie mich neugierig musterte, und als der Kaffee gereicht wurde, setzte sie sich im Salon neben mich.

Wir haben uns später noch öfter an jene Gesellschaft erinnert, die wir den ›Abend der Fragen‹ nennen, denn eine Stunde lang hat sie mir Fragen gestellt, einige recht indiskrete darunter, die ich nur mit einer gewissen Befangenheit beantworten konnte.

Der Fall Corinna und Jean Moriat könnte eine Erklärung liefern für das, was dann geschehen ist – eine Erklärung, die wahrscheinlich nicht völlig falsch ist. Trotzdem glaube ich immer noch, daß nicht Überlegungen dieser Art an jenem Abend eine Rolle gespielt haben. Sie hätten überhaupt keine Rolle gespielt, wenn nicht schon bei der ersten Begegnung eine besondere Bindung zwischen uns entstanden wäre.

Bei Andrieus Charakter und dem Altersunterschied zwischen den beiden war es kein Wunder, daß er dazu neigte, Viviane eher wie ein verwöhntes Kind denn wie eine Gefährtin oder Geliebte zu behandeln. Einige Bemerkungen, die ihr später entschlüpften, zeigten, daß sie bei ihm nicht die sexuelle Befriedigung fand, die sie so sehr brauchte.

Hat sie sie bei anderen gesucht? Ahnte Andrieu etwas davon? Ich habe ihn lächelnd von einem gewissen Philippe Savard sprechen hören, einem jungen Müßiggänger, der eine Zeitlang viel am Boulevard Malesherbes verkehrte, aber dann plötzlich seine Besuche dort eingestellt hat. Damals war Viviane, die schon als Kind viel mit ihrem Vater geritten war, jeden Morgen mit jenem Savard im Bois zum Reiten. Außerdem begleitete er sie, wenn Andrieu verhindert war, abends ins Theater.

Jedenfalls haben wir uns nach jenem Abendessen öfter gesehen, wenn es auch harmlose Begegnungen waren. Mit Zustimmung ihres Mannes beauftragte Viviane mich, seinen jüngsten Mitarbeiter, mit persönlichen Besorgungen, mit kleinen Botengängen, wodurch sich mir immer wieder die Türen ihrer Wohnung öffneten.

Das Theater hat uns einander noch nähergebracht, genauer gesagt, ein Konzert, das an einem Abend stattfand, als mein Chef an einem offiziellen Bankett teilnehmen mußte. Auf Vivianes Betreiben hin, wie ich annehme, hat er mich gebeten, ihren Kavalier zu spielen. Hat sie mich prüfend unter die Lupe genommen, wie Corinna den Abgeordneten von Deux-Sèvres? Verlangte es sie schon nach einer aktiveren Rolle als der, die sie bei ihrem Mann spielen durfte?

Der Gedanke ist mir damals nicht gekommen. Ich war geblendet und begeistert und einfach unfähig zu glauben, daß sich meine Träume verwirklichen könnten. Ich habe sogar allen Ernstes eine Woche lang daran gedacht, meine Stellung bei Andrieu aufzugeben, um mich vor einer allzu grausamen Enttäuschung zu bewahren.

Eine Reise nach Montreal, wo er den Ehrendoktor der Universität Laval erhalten hatte, sollte dazu führen, daß sich die Ereignisse überstürzten. Er hatte eigentlich nur drei Wochen fortbleiben wollen, blieb dann aber einer Bronchitis wegen, die er sich dort zuzog, zwei Monate. Ich wußte nicht, daß er als junger Mann drei Jahre in einem Sanatorium in den Bergen verbracht hatte, so wie später sein Sohn.

Viviane hat mich mehrmals gebeten, abends mit ihr auszugehen. Wir sind nicht nur ins Theater gegangen, auf das sie versessen war, sondern haben einmal in einem Nachtlokal gegessen. Sie hatte den Wagen nach Hause fahren lassen, und als wir im Taxi zurückfuhren, setzte ich alles auf eine Karte und beugte mich über sie.

Zwei Tage später – ihre Zofe hatte gerade ihren freien Tag – war ich eine Stunde lang in ihrer Wohnung. Nach Andrieus Rückkehr mußten wir uns dann im Hotel treffen, was mir beim ersten Mal sehr peinlich war.

Ist er von sich aus dahintergekommen? Oder hat er es erst an jenem Tage erfahren, als sie sich entschloß, ihm alles zu sagen?

Ich, der ich von meinen Klienten so erbarmungslos genaue Tatsachen verlange, bin in großer Verlegenheit, wenn ich Angaben über mich selbst machen soll. Jahrelang war ich davon überzeugt, daß Andrieu von alledem nichts wußte. Später kamen mir Zweifel. Seit einigen Monaten neige ich zu der gegenteiligen Ansicht.

Ich habe schon von einem Zeichen gesprochen. In jener Zeit ahnte ich nichts davon, und ich hätte mich sicherlich über jeden mokiert, der mir davon etwas gesagt hätte. Aber wenn jemand in der Welt dieses Zeichen trug, dann gewiß Andrieu.

An dem Tage, an dem Viviane ihm alles gestehen wollte, hatte ich ihn um meine Entlassung gebeten, und ich war überrascht, wie traurig und ergeben zugleich er die Kündigung annahm.

»Ich wünsche Ihnen den Erfolg, den Sie verdienen«, sagte er zu mir und reichte mir seine lange, gepflegte Hand.

Das war nur wenige Stunden vor ihrem Geständnis. Zwei lange Wochen habe ich auf eine Nachricht von Viviane gewartet. Sie hatte versprochen, mich gleich nach dem Gespräch mit ihrem Mann in der Rue Visconti anzurufen. Ihre Koffer waren gepackt. Meine auch. Bis wir eine Wohnung gefunden hatten, wollten wir in ein Hotel am Quai des Grands-Augustins ziehen, und ich hatte schon eine neue Stellung bei einem Zivilanwalt, der inzwischen Schiffbruch erlitten hat.

Ich wagte nicht, am nächsten Morgen am Boulevard

Malesherbes anzurufen, wies Pauline an, etwaige Telefongespräche für mich anzunehmen, und stellte mich vor ihrem Hause auf die Lauer.

Erst drei Tage später erfuhr ich von meinem Vater, der im Justizpalast davon gehört hatte, daß Andrieu einen Rückfall hatte und das Bett hütete. Auch in diesem Punkt bin ich anderer Meinung als vor zwanzig Jahren. Heute glaube ich, daß ein Mann, für den eine Frau der eigentliche Lebensinhalt geworden ist, zu allem fähig ist – zu Feigheit, Niedertracht, Grausamkeit, um sie um jeden Preis zu halten.

Ein paar hastig hingekritzelte Zeilen haben mich schließlich erreicht:

*Ich werde am Donnerstag gegen zehn Uhr morgens am Quai des Grands-Augustins sein.*

Sie kam dort um halb elf mit ihren Koffern im Taxi vorgefahren, obwohl Andrieu sie durchaus in der Limousine hinbringen lassen wollte.

In den ersten Tagen waren wir recht bedrückt. Viviane war es, die sich dann als erste wieder aufraffte und tausend unvorhergesehene Freuden in ihrem neuen Leben entdeckte.

Sie hat auch die Wohnung an der Place Denfert-Rocherau gefunden und durch ihre früheren Beziehungen meinen ersten bedeutenden Klienten ausfindig gemacht. »Eines Tages, wenn du der berühmteste Anwalt von Paris bist, wirst du erleben, mit welcher Rührung wir uns an diese Wohnung erinnern werden.«

Andrieu hatte darauf bestanden, die Scheidung einzureichen, und war bereit, die Schuld auf sich zu nehmen. Wochenlang hörten wir nichts von ihm. Dann, eines Morgens, Mitte März, lasen wir in der Zeitung:

*Der Präsident der Anwaltskammer, Andrieu, im Gebirge tödlich abgestürzt.*

Man berichtete, daß er seinen Sohn in einem Davoser Sanatorium besucht hatte und auf einer Bergtour, die er allein unternahm, in eine Gletscherspalte gestürzt war. Seine Leiche war erst zwei Tage später von einem Bergführer gefunden worden.

Auch dieses Ende, wie sein langer gepflegter Schnurrbart, seine Höflichkeit, sein halbes Lächeln, hatte für mich den Hauch einer vergangenen Epoche.

Versteht man jetzt, daß die Leute, wenn sie von uns als einem Paar wilder Tiere sprechen, ohne es zu wissen, an einen sehr empfindlichen Punkt rühren?

Wir mußten uns mit aller Kraft aneinanderklammern, um nicht an Gewissensbissen und Ekel zugrunde zu gehen. Nur eine glühende Leidenschaft konnte uns als Entschuldigung dienen, und wir liebten uns wie zwei dem Wahnsinn Verfallene, hielten uns aneinander fest und machten uns darauf gefaßt, daß sich die Zukunft an uns rächen würde.

Ein Jahr lang habe ich meinen Vater kaum gesehen, außer von fern im Justizpalast. Ich arbeitete täglich vierzehn und fünfzehn Stunden, denn ich übernahm jede Verteidigung, die sich mir bot, in der Hoffnung auf die eine, die mir einen großen Ruf eintragen würde. Erst am Abend vor unserer Trauung begab ich mich in die Rue Visconti.

»Ich möchte, daß du meine künftige Frau kennenlernst«, sagte ich zu meinem Vater.

Er hatte gewiß von unserem Verhältnis gehört, von dem im Justizpalast viel die Rede war, aber er sagte mir nichts davon, sondern fragte mich nur:

»Bist du glücklich?«

Ich habe ja gesagt, und ich glaubte auch, es zu sein. Vielleicht war ich es wirklich? Wir sind ganz still in der Mairie des 14. Arrondissements getraut worden und dann für ein paar Tage in einen Gasthof im Wald von Orléans gefahren, in Sully, wo wir uns sechs Jahre später ein Landhaus kauften. In jenem Gasthof besuchte mich ein Mann, der unsere Adresse von unserer Concierge erfahren hatte. Als er dort an der Theke verschiedene Gäste stehen sah, murmelte er:

»Wir unterhalten uns besser draußen am Kanal.«

Ich konnte nicht erkennen, aus welchem Milieu er kam. Er ähnelte weder dem, was man damals eine zweifelhafte Gestalt nannte, noch dem, was man heute einen Gangster nennt. In seinem schlechtsitzenden dunklen Anzug, mit seinem mißtrauischen Blick und dem bitteren Mund erinnerte er an einen jener müden Angestellten, die von Tür zu Tür gehen, um rückständige Zahlungen einzutreiben.

»Mein Name wird Ihnen nichts sagen«, begann er, sobald wir an den wenigen im Hafen festgemachten Kähnen vorüber waren. »Ich hingegen weiß alles von Ihnen, was ich wissen muß, und ich glaube, daß Sie mein Mann sind.«

Unvermittelt fragte er dann:

»Ist das Ihre Frau, mit der Sie in dem Gasthof sind?«

Und als ich bejahte, fuhr er fort:

»Ich mißtraue Leuten, die in ungeordneten Verhältnissen leben. Ich will Ihnen gleich reinen Wein einschenken. Ich habe nichts mit der Justiz zu schaffen und will auch nichts mit ihr zu schaffen haben. Trotzdem brauche ich den besten Anwalt, den ich mir leisten kann, und es ist möglich, daß Sie der beste sind. Ich besitze keine Geschäfte, keine Büros, keine Fabriken, keine Patente, aber ich mache sehr große Geschäfte, viel größere als die meisten der Herren, die eine eigene Firma haben.«

Er sagte das mit einer gewissen Aggressivität, als ob er damit die Bescheidenheit seiner Aufmachung Lügen strafen wollte.

»Als Anwalt müssen Sie Stillschweigen über das wahren, was ich Ihnen anvertraue, und so kann ich offen mit Ihnen reden. Sie haben gewiß schon vom schwarzen Goldhandel gehört. Seit die Kurse fast täglich schwanken und der Geldwert in den meisten Ländern von der Regierung festgesetzt wird, ist mit dem Transport von einem Ort zum andern viel zu verdienen, und die Grenzen, die dabei überquert werden müssen, richten sich nach dem jeweiligen Kurs. Hin und wieder melden die Zeitungen, daß ein Grenzgänger in Modane, in Aulnoye, bei der Ankunft des Schiffes von Dover oder anderswoher festgenommen worden ist. Selten fahndet die Polizei nach den Hintermännern, aber es könnte geschehen. Und am Ende der Kette stehe ich.«

Er zündete sich eine Zigarette an und blieb stehen, um die Kreise zu betrachten, die die Mücken auf die Oberfläche des Wassers zeichneten.

»Ich habe die Frage studiert, nicht so, wie es ein geschickter Anwalt könnte, aber ich habe immerhin herausbekommen, daß es legale Mittel gibt, durch die ich mir Scherereien ersparen kann. Mir stehen zwei Import- und Exportfirmen und so viele Agenturen zur Verfügung, wie ich im Ausland brauche. Ich zahle Ihnen für Ihre Dienste ein Jahresgehalt. Ich nehme nur einen kleinen Teil Ihrer Zeit in Anspruch. Es hindert Sie also nichts daran, zu verteidigen, wen Sie wollen. Vor jeder Operation konsultiere ich Sie, und Ihre Aufgabe ist es, alle damit verbundenen Gefahren auszuschalten.«

Zum ersten Mal, seit wir den Gasthof verlassen hatten, blickte er mich an und sagte dann:

»Das ist alles.«

Ich war rot geworden und hatte vor Wut geballte Fäuste. Ich wollte ihm gerade gehörig die Meinung sagen, als er, noch ehe ich den Mund aufmachen konnte, murmelte:

»Ich komme heute nach dem Abendessen zu Ihnen. Sprechen Sie mit Ihrer Frau darüber.«

Ich bin nicht sofort in den Gasthof zurückgekehrt, denn ich brauchte Bewegung, um meine Nerven zu beruhigen. Als ich schließlich zurückkam, wurde der Aperitif ausgeschenkt. Es standen so viele Gäste an der Theke, daß wir uns nicht unterhalten konnten.

»Allein?« wunderte sich Viviane.

Da es draußen schon kühl wurde, ging ich mit ihr in unser Zimmer, das eine geblümte Tapete hatte und nach Land roch. Ich sprach leise, denn die Stimmen der Gäste klangen zu uns herauf, und sie hätten uns hören können.

»Er hat sich auf dem Treidelweg von mir getrennt und

gesagt, er würde sich heute abend, nachdem ich mit dir darüber gesprochen hätte, meine Antwort holen.«

»Was für eine Antwort?«

Ich erzählte ihr alles, was er mir gesagt hatte, und sie hörte zu, ohne eine Miene zu verziehen.

»Ein unverhofftes Glück, was?«

»Begreifst du nicht, was er von mir erwartet?«

»Ratschläge. Ist es nicht deine Aufgabe als Anwalt, sie zu geben?«

»Ratschläge, wie er das Gesetz umgehen kann.«

»Das ist bei den meisten Ratschlägen der Fall, die man von einem Anwalt erwartet, oder aber ich kenne mich nicht mehr aus.«

Ich glaubte, sie machte sich das Ganze nicht klar, und bemühte mich darum, aber sie blieb ruhig.

»Wieviel hat er dir angeboten?«

»Er hat keine Summe genannt.«

»Aber von der Summe hängt es ab. Begreifst du nicht, Lucien, daß es das Ende unserer Schwierigkeiten bedeutet und daß jeder juristische Berater einer großen Firma genau das gleiche tut?«

Sie vergaß, leise zu sprechen.

»Pst!«

»Hast du ihm nichts gesagt, was ihn hindern könnte, wiederzukommen?«

»Ich habe nicht den Mund aufgemacht.«

»Wie heißt er?«

»Das weiß ich nicht.«

Heute weiß ich es. Er heißt Joseph Bocca, obwohl ich nach so vielen Jahren noch immer nicht sicher bin, ob das sein richtiger Name ist. Ebensowenig könnte ich schwören, welcher Nationalität er ist. Außer seinem Haus in Paris und Bauernhöfen überall in Frankreich hat er sich einen wunderbaren Besitz an der Côte d'Azur gekauft, in Menton, wo er einen Teil des Jahres verbringt. Er hat meine Frau und mich eingeladen, dort bei ihm zu Gast zu sein, solange es uns beliebt.

Er ist jetzt ein bekannter Mann. Mit dem Vermögen, das ihm der Goldhandel eingebracht hat, hat er eine Textilfirma gegründet, die Filialen in Italien und Griechenland unterhält, und er ist außerdem an verschiedenen Unternehmen beteiligt. Es würde mich nicht überraschen, wenn ich von dem südamerikanischen Gesandten, der mich am Montag besuchen will, erführe, daß Bocca seine Finger auch im Waffenhandel hat.

Ich träumte damals noch davon, ein makelloser Jurist zu werden.

»Alles, worum ich dich heute abend bitte, ist, ihn nicht durch ein brutales Nein vor den Kopf zu stoßen.«

Als er um halb neun wiederkam – wir waren gerade mit dem Essen fertig –, sind wir im Dunkeln spazierengegangen. Ich habe sofort, um die Sache hinter mich zu bringen und auch, weil er mir mit seinem »Alles oder Nichts« keine andere Wahl ließ, ja gesagt.

Er hat darauf seine Summe genannt.

»Ich werde Ihnen in der nächsten Woche einen meiner Angestellten namens Coutelle schicken, der Ihnen den augenblicklichen Verlauf der Operationen erklären wird. Sie werden die Frage in Ruhe prüfen, und wenn Sie eine Lösung gefunden haben, rufen Sie mich an.«

Er gab mir keine Visitenkarte, sondern ein Stück Papier, auf dem der Name Joseph Bocca, eine Telefonnummer aus dem Louvre-Viertel und eine Adresse in der Rue Coquillière standen.

Aus Neugier habe ich mir das Haus mit den schmutzigen Treppen und Fluren angesehen, in dem sich, wie Emailschilder an der Tür verkündeten, ein seltsames Gemisch der verschiedensten Gewerbe befand: ein Massagesalon, eine Stenografieschule, ein Kunstblumenhändler, ein Privatdetektiv, eine Stellenvermittlung und die Redaktion der Fleischerzeitung.

Ich zog es vor, mich nicht bei der ›Import-Export-Firma‹ zu zeigen und statt dessen den Besuch von Monsieur Coutelle in meinem Büro abzuwarten. Im Laufe der Jahre ist er oft bei mir gewesen. Beim letzten Mal teilte er mir mit, er ziehe sich jetzt in eine Villa zurück, die er sich in Fécamp vor der Steilküste habe bauen lassen.

Viviane hat mich nicht dazu gezwungen. Ich habe aus eigenem Antrieb gehandelt. Ich bedaure jetzt, so weit in meinem Leben zurückgegangen zu sein, denn es ist nicht die Vergangenheit, sondern die Gegenwart, mit der ich mich in dieser Akte befassen will. Angeblich läßt sich ja das eine mit dem anderen erklären, nur fällt es mir schwer, das zu glauben.

Nun gut – es ist zwei Uhr morgens. Trotz der Wettermeldungen hat sich wieder ein Sturm erhoben, und ich höre den Laden im oberen Stock klappern. In der Rue Jacob muß eine erstickende Hitze herrschen. Die Hälfte der Leute, die sich dort drängen, trifft sich zehnmal in der Woche bei Generalproben, bei Cocktailparties, bei Wohltätigkeitsbasaren oder bei mehr oder weniger offiziellen feierlichen Anlässen.

Es mag sein, daß Marie-Lou Talent hat, obwohl ich an späte Berufung nicht glaube. Gestern beim Essen hat sie mir gesagt, sie würde mich gern malen, weil ich eine so ›eindrucksvolle Maske‹ hätte, und Lannier, der diese Bemerkung hörte, hat darüber gelächelt, während er langsam den Rauch seiner Zigarette ausstieß.

Er ist ein bedeutender Mann. Jedesmal, wenn seine Zeitung eine Verleumdungsklage am Hals hat, wendet er sich an mich. Dagegen hat er mich nie gebeten, ihn beim Zivilgericht zu vertreten, wo er immer irgendeine Sache laufen hat. Zweifellos betrachtet er mich, und nicht er allein, als eine ›Großschnauze‹, als jemanden, der fähig ist, durch die Leidenschaft und den Schwung des Plädoyers, durch die Heftigkeit und List der Angriffe und Gegenangriffe einen Freispruch zu erzielen, aber vor die kühlen Richter der Zivilkammern würde er mich nicht ziehen lassen.

Macht auch er Geschäfte mit Bocca? Wahrscheinlich. Man braucht nicht lange in meinem Beruf zu sein, um festzustellen, daß sich ab einer gewissen Höhe der Pyramide nur noch wenige Männer die Macht, das Geld und die Frauen teilen.

Ich bemühe mich, nicht an Yvette zu denken, und dennoch frage ich mich alle fünf Minuten, was ›sie‹ tun. Sind sie in eins der Tanzlokale gegangen, die sie so liebt und in denen ich nur deplaciert wirken würde? Oder zu einem der volkstümlichen Bälle in Montmartre, wo es von Stenotypistinnen und Verkäuferinnen aus den großen Warenhäusern nur so wimmelt? Sie wird es mir morgen sagen, wenn ich sie danach frage. Essen sie Sauerkraut in irgendeiner Kneipe? Sind sie vielleicht schon wieder zu Hause?

Ich bin nervös und möchte, daß meine Frau bald wiederkommt, damit ich schlafen gehen kann. Ich denke an Andrieu, der vielleicht auch in seinem Arbeitszimmer wartete, wo er sich im Herbst dicht an den Kamin zu setzen pflegte.

Ich habe nicht die Absicht, in die Schweiz zu fahren und eine Bergtour zu unternehmen. Mein Fall liegt anders. Alles ist anders. Zwei Leben, zwei Situationen sind einander nie gleich. Es ist falsch von mir, diese Geschichte mit dem Zeichen wichtig zu nehmen, die allmählich zu einer fixen Idee wird.

Ich habe schon lange keinen Urlaub genommen. Ich bin erschöpft. Obwohl Viviane älter ist als ich, bringt sie es fertig, ein Leben zu führen, bei dem mir die Luft ausgeht.

Ich werde Pémal bitten, bei mir vorbeizukommen. Er wird mir neue Medikamente verschreiben, wird mir wieder einmal raten, der Maschine nicht zuviel zuzumuten, und wird mir wiederholen, daß Männer, genau wie Frauen, ihre Wechseljahre haben.

Nach seiner Meinung bin ich mitten in den Wechseljahren. »Warten Sie ab, bis Sie fünfzig sind. Sie werden überrascht sein, wieviel jünger und kräftiger Sie sich dann fühlen.«

Trotz seiner sechzig Jahre beginnt er seine Visiten morgens um acht, wenn nicht noch früher, und ist abends um zehn damit fertig. Und dann läßt er sich auch noch nachts herausklingeln. Ich habe ihn immer in der gleichen Stimmung gesehen – ein maliziöses Lächeln auf den Lippen, als fände er es amüsant, wie sich die Leute um ihre Gesundheit ängstigen.

Der Fahrstuhl fährt aufwärts und hält in der oberen Etage.

Meine Frau kommt nach Hause.

# 4

*Sonntag, den 13. November, 10 Uhr morgens*

Als ich heute morgen um halb neun nach Hause kam, habe ich zwei Schlaftabletten genommen und mich dann zu Bett gelegt. Sie haben nicht gewirkt, und so bin ich schließlich wieder aufgestanden. Nachdem ich mich kalt geduscht habe, bin ich in mein Büro hinuntergegangen, und bevor ich mich an meinen Schreibtisch setzte, habe ich mich vergewissert, daß ›er‹ nicht vor dem Hause auf und ab ging.

Der Wetterbericht hat doch gestimmt. Der Wind hat sich gelegt, der Himmel ist klar, es herrscht ein scharfer Frost. Die Leute, die zur Messe gehen, haben die Hände in den Taschen vergraben. Meine Clochards sind nicht unter dem Pont-Marie. Ob sie weitergezogen sind oder an Bord des Schiffs der Heilsarmee schlafen?

Als ich heute nacht Viviane zurückkommen hörte, habe ich meine Akte geschlossen, und als ich die Treppe schon fast ganz hinaufgestiegen war, läutete das Telefon. Ich zuckte zusammen, denn ich habe sofort an eine unangenehme Nachricht gedacht.

»Bist du's?« hörte ich Yvettes Stimme am anderen Ende der Leitung.

Ich merkte ihrer Stimme an, daß sie getrunken hatte und erregt war.

»Warst du schon im Bett?«

»Ich ging gerade hinauf.«

»Du hast mir gesagt, du gehst selten vor zwei Uhr zu Bett, besonders am Sam…«

Sie hielt inne, ohne das Wort Samstag zu Ende zu sprechen.

Ich fragte:

»Wo bist du?«

»In der Rue Caulaincourt, bei ›Manière‹.«

Es folgte ein Schweigen. Wenn sie mich Samstag abends anruft, hat es Streit gegeben. Dann sagte ich:

»Bist du allein?«

»Ja.«

»Schon lange?«

»Seit einer halben Stunde. Sag, Lucien, wäre es dir möglich, mich abzuholen?«

»Was ist denn?«

»Nichts. Ich werde es dir erklären. Kommst du gleich?«

Als ich ins Schlafzimmer kam, war meine Frau gerade dabei, sich auszuziehen.

»Du bist ja noch auf«, sagte sie.

»Ich wollte gerade schlafen gehen, als ich angerufen wurde. Ich muß fort.«

Sie hat mir einen beunruhigten Blick zugeworfen.

»Ist etwas passiert?«

»Ich weiß es nicht. Sie hat es mir nicht sagen wollen.«

»Du solltest Albert wecken, damit er dich hinfährt. Er ist in ein paar Minuten fertig.«

»Ich nehme lieber ein Taxi. War's nett in der Rue Jacob?«

»Es waren doppelt soviel Leute da wie vorgesehen, und

ein paar Freunde mußten mit dem Auto noch neue Kisten Champagner holen. Bist du verärgert?«

Ich war verärgert. Ich mußte bis zum Châtelet laufen, um ein Taxi zu finden. Ich kenne das Restaurant ›Manière‹ in Montmartre, aber ich wußte nicht, daß Yvette öfter dort hinging. Für meine Frau und mich stellt es eine Epoche, eine Etappe dar. Im zweiten Jahr unserer Ehe begeisterten wir uns eine Zeitlang für den Kanusport und paddelten jeden Sonntag auf der Marne, zwischen Chelles und Lagny. Dort trafen sich immer die gleichen Leute, junge Ehepaare in der Mehrzahl, vor allem Ärzte und Anwälte, und einmal in der Woche sahen wir uns dann stets bei ›Manière‹.

Von einem Tag auf den anderen und ohne daß ich sagen könnte, warum eigentlich, war diese Phase zu Ende, und eine neue begann. Wir haben nacheinander in den verschiedensten Kreisen verkehrt, ehe wir unseren jetzigen gefunden haben. Ich habe manchmal jene Menschen beneidet, die ihr Leben lang im gleichen Milieu bleiben.

Vor noch nicht so langer Zeit sind wir eines Sonntagmorgens durch Chelles gekommen, als wir Freunde besuchten, die in jener Gegend ein Landhaus haben. Zu meiner Überraschung sah ich auf dem Wasser in den gleichen Kanus mehrere Ehepaare von damals, die jetzt schon große Kinder haben.

Ich weiß nicht, wie viele Jahre ich nicht mehr bei ›Manière‹ gewesen bin, aber als ich die Tür aufstieß, wehte mir ein vertrauter Geruch entgegen, und ich glaube nicht, daß die Atmosphäre dort sich inzwischen sehr verändert hat. Yvette saß vor einem Glas Whisky, und da wußte ich gleich, in welcher seelischen Verfassung sie war.

»Zieh deinen Mantel aus, und setz dich«, hat sie mit der gewichtigen Miene eines Menschen gesagt, der einem etwas Ernstes mitzuteilen hat.

Der Kellner kam an den Tisch, und ich habe ebenfalls einen Whisky bestellt. Ich habe dann noch mehrere getrunken, und deswegen habe ich heute früh nicht schlafen können, denn eine bestimmte Menge Schnaps macht mich eher nervös als schläfrig.

»Hast du jemanden draußen gesehen?«

»Nein. Warum?«

»Ich fürchtete schon, er wäre vielleicht zurückgekommen, um mir aufzulauern. Er gehört zu den Männern, die so etwas fertigbringen. In seinem augenblicklichen Zustand ist er zu allem fähig.«

»Habt ihr euch gezankt?«

Wenn sie zwei oder drei Gläser getrunken hat, sieht sie immer alles dramatisch. Sie hat mich bekümmert angeblickt und gesagt:

»Ich bitte dich um Verzeihung, Lucien. Ich müßte dich glücklich machen, und ich versuche es auch mit all meinen Kräften, aber ich mache dir immer nur Ärger und Kummer. Du hättest mich an dem Tage, da ich zum ersten Mal bei dir war, hinauswerfen sollen, dann wäre ich jetzt, wo ich hingehöre – im Gefängnis.«

»Sprich nicht so laut.«

»Entschuldige. Na gut, ich habe getrunken, aber ich bin nicht betrunken. Ich schwöre dir, ich bin nicht betrunken. Es ist wichtig, daß du mir das glaubst. Ich bin nur in dieser Verfassung, weil ich Angst habe, vor allem um dich.«

»Erzähl, was passiert ist.«

»Wir sind in ein Kino in Barbès gegangen, wo ein Film lief, den er schon seit langem sehen wollte. Als wir wieder herauskamen, hatte ich Lust, an der Place du Tertre etwas zu essen.«

Sie liebt Orte, wo es laut und bunt und vulgär und aggressiv zugeht.

»Er hat nicht gleich gesagt, was er auf dem Herzen hatte. Ich spürte, daß er anders war als sonst, aber ich ahnte nicht, daß es so ernst war. Als wir nach einem Tanz wieder an unseren Platz zurückkehrten, hat er mich in dem Augenblick, als ich mich setzen wollte, an der Schulter gepackt und mit düsterer Miene gesagt:

›Weißt du, was wir jetzt tun werden?‹

Da hab ich ihm – verzeih mir bitte – geantwortet: ›Und ob!‹

›Nein, nicht was du denkst. Wir gehen in die Rue de Ponthieu, holen dort deine Sachen, und du kommst zu mir. Ich habe endlich das neue Zimmer, das mir schon lange versprochen worden ist. Es ist groß genug für zwei und geht auf die Straße.‹

›Aber du weißt doch, daß das unmöglich ist, Leonard‹, habe ich geantwortet.

›Nein. Ich habe es mir genau überlegt. Es ist sinnlos, so getrennt zu leben, wie wir es jetzt tun. Und du hast mir ja oft genug gesagt, daß dir nichts an einer großen Wohnung und an einem behaglichen Leben liegt. Du kennst Schlimmeres als den Quai de Javel, nicht wahr?‹«

Während sie mir dies alles berichtete, saß ich reglos auf der Bank und starrte auf ein Paar, das Champagner trank und sich immer wieder küßte. Eine Weile haben sie sich dann damit vergnügt, sich den Champagner gegenseitig mit dem Mund einzuflößen.

»Erzähl weiter«, seufzte ich, nachdem Yvette für eine kurze Zeit geschwiegen hatte.

»Ich kann dir nicht alles erzählen. Das würde zu lange dauern. Er hat nie soviel davon gesprochen wie heute. Er behauptete, er wäre endlich sicher, daß er mich liebt, und er würde um keinen Preis auf mich verzichten.«

»Hat er von mir gesprochen?«

Sie antwortete nicht.

»Was hat er gesagt?«

»Daß ich dir keinen Dank schulde, daß du nur ein Egoist wärest, ein...«

»Ein was?«

»Nun, wenn du es durchaus wissen willst, ein Lüstling. Er versteht das alles nicht, er hält dich für einen Bourgeois. Ich habe ihm geantwortet, daß er sich irrt, er kenne dich nicht, und ich dächte nicht daran, dich zu verlassen. Da gerade ein Sänger auftrat, mußten wir eine Weile still sein, und dabei konnte ich ihn beobachten und feststellen, daß etwas Boshaftes in seinem Gesicht war. Als der Sänger sein Lied beendet hatte, sagte er:

›Wenn du bereit bist, ruf ihn sofort an und teil ihm unsere Entscheidung mit.‹

Ich habe mich geweigert und ihm noch einmal gesagt, daß ich nicht mit ihm gehen würde.

›Dann werde ich ihn eben anrufen und mit ihm sprechen. Er wird es bestimmt verstehen.‹

Ich habe mich an ihn geklammert und, um Zeit zu gewinnen, vorgeschlagen:

›Laß uns woanders hingehen. Die Leute schauen uns schon alle an und denken, wir zanken uns.‹

Wir sind im Dunkeln durch kleine Gassen gegangen und haben fast die ganze Zeit kein Wort gesagt. Du hast mich gebeten, dir alles zu sagen, Lucien. Ich schwöre dir, ich habe in meinem Entschluß nicht einen Augenblick geschwankt. Ich wußte nur nicht, wie ich ihn loswerden könnte. Als ich bei ›Manière‹ noch Licht brennen sah, habe ich gesagt, ich hätte Durst, und ich habe mir einen Whisky bestellt, den ich auch weiß Gott brauchte, denn nun ging es von neuem los.

›Was hättest du davon‹, habe ich ihn gefragt, ›wenn ich bei dir am Quai de Javel wohnen würde?‹

›Du wärest dann meine Frau.‹

›Wie meinst du das?‹

›Nun, ich würde dich heiraten.‹

Ich habe laut aufgelacht, aber mir war seltsam dabei zumute, denn es war das erste Mal, daß ein Mann mir einen Heiratsantrag machte.

›Noch ehe ein Monat um ist‹, habe ich gesagt, ›würdest du's bereuen. Oder ich hätte dich satt.‹

›Nein.‹

›Ich bin nicht für die Ehe geschaffen.‹

›Alle Frauen sind dafür geschaffen.‹

›Ich nicht.‹

›Es kommt dabei auf mich an.‹

›Es kommt auch auf mich an.‹

›Gib zu, daß du es seinetwegen nicht willst.‹

Ich habe nichts zugegeben, habe geschwiegen, und er fuhr fort:

›Hast du Angst?‹

›Nein.‹

›Dann liebst du ihn also.‹«

Sie verstummte und winkte den Kellner heran.

»Noch einen, bitte.«

»Für beide?«

Ich nickte gedankenlos.

»Er wiederholte:

›Du liebst ihn. Gib es zu. Sag mir die Wahrheit.‹

Ich weiß nicht mehr, was ich ihm schließlich geantwortet habe. Plötzlich ist er wütend aufgesprungen und hat gesagt:

›Dann werde ich die Sache mit ihm regeln.‹

Er hat das Geld für die Zeche auf den Tisch geworfen und ist dann, vor Zorn bebend und leichenblaß, davongegangen.«

»Hatte er viel getrunken?«

»Ein paar Gläser, aber nicht genug, um so wütend zu werden. Ich glaubte, draußen in der frischen Luft würde er sich schnell beruhigen und dann wiederkommen und mich um Verzeihung bitten. Bevor ich dich angerufen habe, bin ich eine halbe Stunde allein in meiner Ecke sitzen geblieben und jedesmal zusammengefahren, wenn die Tür aufging. Plötzlich ist mir der Gedanke gekommen, daß er zu dir gegangen sein könnte.«

»Ich habe niemanden vorm Haus gesehen.«

»Er wird es tun, davon bin ich überzeugt, er hat es nicht einfach so gesagt. Er weiß, was er will, und wenn er sich etwas in den Kopf gesetzt hat, dann macht er es auch. Das ist genau wie bei seinem Studium. Ich habe Angst, Lucien. Ich habe solche Angst, daß dir etwas zustößt.«

»Komm, wir gehen.«

»Laß mich noch ein Glas trinken.«

Dies Glas war zuviel für sie, ich habe es an ihrem starren Blick gemerkt und an dem lallenden Ton, in dem sie sprach.

»Du weißt doch, daß ich dich um nichts in der Welt verlassen werde, nicht wahr? Du mußt wissen, daß du für mich alles bedeutest, daß ich, ehe ich dich kennenlernte, gar nicht richtig gelebt habe und daß, wenn du nicht wärst...«

Ich habe den Kellner gerufen, um zu zahlen, und sie hat es sich nicht nehmen lassen, mein Glas auch noch auszutrinken. Als wir hinausgingen, hat sie mich angefleht, mich zu vergewissern, ob er nicht draußen stand. Zum Glück fanden wir gleich ein Taxi und sind dann in die Rue de Ponthieu gefahren. Im Wagen hat sie sich weinend an mich geschmiegt.

Ihr Bericht entspricht nicht unbedingt der Wahrheit, und ich werde nie erfahren, was sie zu Mazetti gesagt hat. Selbst wenn sie keinen Grund hat zu lügen, muß sie Geschichten erfinden, an die sie schließlich selber glaubt.

Hat sie nicht anfangs Mazetti geschworen, ich wäre nur ihr Anwalt, sie wäre an dem Überfall in der Rue de l'Abbé-Grégoire nicht beteiligt gewesen, sie schuldete mir Dank, weil ich sie vor einer ungerechten Verurteilung bewahrt hätte?

Es war im Juli, ich weiß nicht mehr, an welchem Wochentag, als ich mit ihr nach Saint-Cloud fuhr, wo wir in einem kleinen Landgasthof Mittag essen wollten. Auf der Terrasse, wo wir aßen, saßen viele Menschen, und ich habe kaum auf die beiden jungen Männer am Nebentisch geachtet, die unablässig zu uns herüberblickten. Sie waren beide ohne Jackett, und der eine hatte dunkelbraunes, lockiges

Haar. Ich hatte um halb drei eine wichtige Verabredung, und um Viertel nach zwei waren wir noch nicht beim Dessert. Ich sagte zu Yvette, daß ich gehen müßte.

»Kann ich bleiben?« fragte sie.

Weder am nächsten noch am übernächsten Tag hat sie mir etwas davon gesagt, sondern erst drei Tage später, als wir schon das Licht ausgemacht hatten und schlafen wollten.

»Schläfst du, Lucien?«

»Nein.«

»Kann ich dir etwas sagen?«

»Natürlich. Soll ich das Licht wieder anknipsen?«

»Nein. Ich glaube, ich habe wieder einmal eine Torheit begangen.«

Ich habe mich oft gefragt, ob ihre Aufrichtigkeit, ihre Geständnissucht ihren Skrupeln oder einer angeborenen Grausamkeit entspringen, vielleicht auch dem Verlangen, sich interessant zu machen.

»Hast du neulich in Saint-Cloud die beiden jungen Männer bemerkt?«

»Welche?«

»Sie saßen am Nachbartisch. Der eine hatte dunkelbraunes Haar und einen sehr muskulösen Körper.«

»Ja.«

»Nachdem du weg warst, hat er sich von seinem Freund verabschiedet, und da wurde mir schon klar, daß er mich ansprechen wollte. Kurz darauf hat er mich gefragt, ob er seinen Kaffee an meinem Tisch trinken dürfte.«

Seit wir uns kennen, hat sie noch andere Abenteuer gehabt, und ich glaube, sie ist ehrlich, wenn sie sagt, ich wüßte von allen. Das erste hatte sie zwei Wochen nach ihrer Entlassung, als sie noch am Boulevard Saint-Michel wohnte, mit einem Musiker aus einem Nachtlokal in Saint-Germain-des-Prés. Sie gestand mir, sie hätte den ganzen Abend in der Nähe der Jazzband gesessen, und am zweiten Abend hätte er sie zu sich nach Hause mitgenommen.

»Bist du eifersüchtig, Lucien?«

»Ja.«

»Tut's dir sehr weh?«

»Ja. Aber das ist gleichgültig.«

»Glaubst du, daß ich mich beherrschen könnte?«

»Nein.«

Das ist wahr. Es geht dabei nicht nur um das sinnliche Erlebnis. Es liegt tiefer. Es ist das Verlangen nach einem Leben, das sich von allen anderen unterscheidet, das Verlangen, Mittelpunkt zu sein, die Aufmerksamkeit auf sich gerichtet zu fühlen. Mir ist das in der Verhandlung vor dem Schwurgericht klargeworden, wo sie wahrscheinlich die berauschendsten Stunden ihres Daseins erlebt hat.

»Willst du immer noch, daß ich dir alles sage?«

»Ja.«

»Selbst wenn es dir weh tut?«

»Das ist meine Sache.«

»Bist du mir deswegen böse?«

»Es ist nicht deine Schuld.«

»Glaubst du, daß ich anders bin als andere?«

»Nein.«

»Aber wie machen es die anderen dann?«

In solchen Augenblicken, wenn wir uns fast im Absurden verlieren, drehe ich ihr den Rücken, denn ich weiß, was sie will: daß wir endlos über ihren Fall sprechen, ihre Persönlichkeit, ihre Triebe, ihr Verlangen analysieren.

Sie merkt es.

»Interessiere ich dich nicht mehr?«

Dann schmollt sie oder weint und beobachtet mich einen Augenblick wie ein kleines Mädchen, das ungehorsam gewesen ist und sich entschließt, um Verzeihung zu bitten.

»Ich verstehe nicht, wie du mich erträgst. Aber hast du schon einmal darüber nachgedacht, Lucien, daß es für eine Frau bedrückend sein kann, mit einem Mann zusammenzusein, der alles weiß, alles errät?«

Das Abenteuer mit dem Musiker hat nur fünf Tage gedauert. Eines Abends, als sie sonderbar erregt wirkte und ich sie fragte, was sie hätte, gestand sie mir, daß er sie dazu verführt hatte, Heroin zu nehmen. Ich war sehr ärgerlich, und als ich am nächsten Tage dahinterkam, daß sie ihn trotz meines Verbotes wiedergesehen hatte, habe ich sie zum ersten Mal so heftig geohrfeigt, daß sie ein paar Tage lang unter dem linken Auge einen blauen Fleck hatte.

Ich kann nicht Tag und Nacht auf sie aufpassen und kann auch nicht verlangen, daß sie die ganze Zeit auf mich wartet. Ich weiß, ich kann ihr nicht alles geben, was sie braucht; darum muß ich es zulassen, daß sie es sich anderswo sucht. Auch wenn ich darunter leide.

In den ersten Monaten war ich immer in Unruhe, denn ich fragte mich, ob sie wieder zu mir kommen oder sich blindlings in irgendein schmutziges Abenteuer einlassen würde.

Seit Saint-Cloud sind meine Sorgen anderer Art.

»Er ist italienischer Abstammung, aber er ist in Frankreich geboren, Franzose also. Weißt du, was er tut? Er studiert Medizin und arbeitet außerdem nachts bei Citroën. Findest du das nicht tapfer?«

»Wohin ist er mit dir gegangen?«

»Nirgendwohin. Das ist nicht seine Art. Wir sind zu Fuß durch den Bois de Boulogne zurückgegangen, und ich glaube, ich bin noch nie in meinem Leben soviel marschiert. Bist du ärgerlich?«

»Warum sollte ich ärgerlich sein?«

»Weil ich dir nicht früher davon erzählt habe.«

»Hast du ihn wiedergesehen?«

»Ja.«

»Wann?«

»Gestern.«

»Wo?«

»Auf der Terrasse des ›Normandie‹ an den Champs-Elysées, wo er sich mit mir verabredet hatte.«

»Telefonisch?«

»Ja.«

Er wußte also schon ihre Nummer.

»Da du immer Angst hast, daß ich auf einen Lumpen hereinfallen könnte, habe ich gedacht, daß dich diese Bekanntschaft freuen würde. Sein Vater ist Maurer in Villefranche-sur-Saône, unweit von Lyon, wo ich geboren bin, und seine Mutter wäscht in einem Restaurant das Geschirr ab. Er hat sieben Geschwister. Schon mit fünfzehn Jahren hat er zu arbeiten begonnen, um sich das Geld für sein Studium zu verdienen. Jetzt wohnt er in einem kleinen Zimmer am Quai de Javel, in der Nähe der Fabrik, und er schläft jeden Tag nur fünf Stunden.«

»Wann siehst du ihn wieder?«

Ich wußte, daß sie einen Hintergedanken hatte.

»Das hängt von dir ab.«

»Wie soll ich das verstehen?«

»Wenn du es wünschst, werde ich ihn überhaupt nicht wiedersehen.«

»Wann will er dich wiedersehen?«

»Am Samstagabend. Da arbeitet er nicht in der Fabrik.«

»Möchtest du ihn am nächsten Samstag treffen?«

Sie hat die Frage nicht beantwortet. Als ich am Sonntagmorgen in der Rue de Ponthieu anrief, merkte ich an ihrer Verlegenheit, daß sie nicht allein war. Es war das erste Mal, soweit ich wußte, daß sie jemanden in die Wohnung mitgenommen hatte, die sozusagen die unsere ist.

»Ist er da?«

»Ja.«

»Treffen wir uns bei Louis?«

»Wenn du willst.«

Die Nacht vom Samstag zum Sonntag ist ›ihre‹ Nacht geworden, und eine Zeitlang hat Mazetti die Geschichte von dem Anwalt mit dem gütigen Herzen geglaubt. Yvette hat mir gestanden, daß sie ihn manchmal auch tagsüber am Quai de Javel besuchte, wo er mit Lernen beschäftigt war.

»Nur um ihm Mut zu machen. Das Zimmer ist winzig klein, und in dem Hotel wohnen lauter Fabrikarbeiter, vor allem Araber und Polen. Auf der Treppe fürchte ich mich immer vor ihnen, weil sie mich nicht vorbeilassen und mich mit glühenden Augen anblicken.«

Er ist außer am Samstag auch an anderen Tagen in die Rue de Ponthieu gekommen, denn eines Nachmittags bin ich ihm in der Toreinfahrt begegnet. Wir haben uns gleich erkannt. Er hat mich etwas verlegen gegrüßt, und ich habe den Gruß höflich erwidert.

Und sei es nur, um das Abenteuer noch prickelnder zu machen, hat Yvette ihm schließlich gestanden, worauf ich bereits gefaßt war: daß ich nicht nur ihr Wohltäter, sondern ihr Geliebter wäre.

Sie hat ihm auch die Wahrheit über den Raubüberfall in der Rue de l'Abbé-Grégoire gesagt und hinzugefügt, ich hätte für sie meine Ehre und meine Stellung aufs Spiel gesetzt.

»Er ist ein wahrer Engel, verstehst du?«

Was spielt es für eine Rolle, ob sie das wirklich gesagt hat! Jedenfalls hat er nichts dagegen eingewandt, und als wir uns wieder einmal auf der Straße begegneten, hat er mich wieder gegrüßt und mich dabei neugierig gemustert.

Ob sie ihm eingeredet hat, ich sei impotent und meine Liebe zu ihr brauchte ihn darum nicht zu stören? Das stimmt zwar nicht, aber sie hat mir auch schon weniger glaubwürdige Märchen erzählt.

Natürlich haben sie beide rein gar nichts begriffen. Und so kam denn, was kommen mußte.

»Was hat er über mich gesagt?« habe ich sie, sobald wir in der Wohnung waren, gefragt.

»Ich weiß es nicht mehr. Ich will es lieber nicht wiederholen. All das, was die jungen Leute über Männer deines Alters sagen, die verliebt sind.«

Sie hat einen Wandschrank geöffnet, und ich habe gesehen, wie sie aus einer Flasche trank.

»Laß das.«

Sie hat mich erstaunt angeblickt und noch einen letzten Schluck genommen.

Dann hat sie mich gefragt: »Kannst du ihn nicht verhaften lassen? Du hast doch Beziehungen.«

»Unter welchem Vorwand?«

»Er hat gedroht.«

»Womit?«

»Vielleicht ist das nicht das richtige Wort, aber er hat durchblicken lassen, daß er Mittel und Wege finden würde, um dich zu beseitigen.«

Ich wußte, daß sie log oder zumindest phantasierte.

»Selbst wenn das stimmte, wäre es kein Grund, ihn zu verhaften. Wäre es dir lieb, wenn er ins Gefängnis käme?«

»Ich will nicht, daß dir etwas zustößt. Ich habe nur dich, das weißt du doch.«

Sie glaubte das allen Ernstes. Sie würde wieder einsam und verlassen sein, und es würde bald ein übles Ende mit ihr nehmen.

»Ich bin krank, Lucien.«

Ich sehe es ihr an. Sie hat zuviel getrunken und wird sich gleich übergeben müssen.

»Ich habe ja gar nicht geahnt, daß das so kommen würde. Ich fand es praktisch. Ich wußte, du warst froh darüber…« Sie merkt selber, daß das ein etwas übertriebenes Wort ist.

»Verzeih mir. Weißt du, es ist immer das gleiche mit mir. Ich bemühe mich, alles gut zu machen, und es wird dann immer das Gegenteil. Aber eines kann ich dir schwören – ich werde ihn nicht wiedersehen. Sieh doch mal bitte auf die Straße, ob er unten steht.«

Ich habe den Vorhang ein wenig zur Seite geschoben, aber im Licht der Laterne niemanden gesehen.

»Ich fürchte, er wird sich betrinken. Und dann wird er bösartig, obwohl er sonst ein so friedlicher Mensch ist. Als er einmal ein Glas zuviel getrunken hatte...«

Sie vollendet den Satz nicht und stürzt ins Badezimmer, wo ich sie würgen höre.

»Ich schäme mich, Lucien«, stammelte sie, nachdem sie sich übergeben hatte. »Wenn du wüßtest, wie ich mich hasse! Wie kannst du nur...«

Ich habe sie ausgezogen und zu Bett gebracht, habe mich dann selber ausgezogen und mich neben sie gelegt. Zwei- oder dreimal hat sie in ihrem unruhigen Schlaf etwas gesagt, das ich nicht verstehen konnte.

Es ist durchaus möglich, daß sich Mazetti die ganze Nacht betrinkt, oder aber er geht mit großen Schritten durch die menschenleeren Straßen und brütet Rache. Vielleicht schleicht er auch in der Rue de Ponthieu umher, so wie ich manchmal unter den Fenstern der Wohnung am Boulevard Malesherbes umhergeschlichen bin.

Wenn das, was Yvette von ihm und dem mit ihm verlebten Abend berichtet hat, keine romantische Übertreibung ist, wird er sie nicht so leicht freigeben und es bald wieder versuchen.

Hat sie ihm wirklich alles aus ihrer Vergangenheit erzählt, und ist sie ihm gegenüber ebenso aufrichtig gewesen wie mir gegenüber? Er hat ihr trotzdem einen Heiratsantrag gemacht.

Ich bin wohl eine Weile eingenickt, denn als das Telefon läutete, bin ich aus dem Bett hochgefahren und in den Salon gestürzt, um den Hörer abzunehmen. Ich habe mich dabei heftig an einem Möbelstück gestoßen. Mein erster Gedanke war, daß meine Frau anrufen würde, wie das bei dringenden Angelegenheiten schon geschehen ist. Ich wußte nicht, wie spät es war. Im Schlafzimmer war es dunkel, aber im Salon sah ich es hinter den Vorhängen dämmern.

»Hallo!«

Da sich niemand meldete, habe ich noch einmal gesagt: »Hallo!«

Da wußte ich Bescheid. Er war es, der anrief, weil er nicht erwartet hatte, daß ich hier war. Als er meine Stimme erkannte, hat er nicht eingehängt, und ich hörte seinen Atem am anderen Ende der Leitung. Es war recht unheimlich. Yvette, die wach geworden war, kam nackt und bleich herein und starrte mich mit weit aufgerissenen Augen an.

»Wer ist es?« fragte sie mit leiser Stimme.

Ich legte den Hörer wieder auf und sagte:

»Eine falsche Verbindung.«

»War er's?«

»Ich weiß es nicht.«

»Bestimmt war er es. Jetzt, da er weiß, daß du hier bist, wird er kommen. Mach Licht, Lucien. Von wo mag er angerufen haben? Vielleicht ist er hier in der Nähe.«

Ich muß gestehen, auch mir war nicht sehr behaglich zumute. Ich war nicht erpicht darauf, ihn an die Wohnungstür klopfen zu hören, denn wenn er weitergetrunken hatte, würde er vielleicht einen Skandal machen. Ich hatte ihm keine Rechenschaft abzulegen, hatte ihm nichts zu erklären. Eine Diskussion zu dritt wäre lächerlich und widerwärtig gewesen.

»Es wäre besser, du gingest.«

Ich wollte nicht, daß es so aussah, als ergriffe ich die Flucht. »Möchtest du lieber allein bleiben?«

»Ja. Ich werde schon mit ihm fertig.«

»Wirst du ihm öffnen?«

»Ich weiß es nicht. Zieh dich wieder an.«

Plötzlich kam ihr ein Gedanke:

»Vielleicht sollten wir doch die Polizei rufen?«

Ich hatte mich angezogen. Ich fühlte mich gedemütigt und war wütend auf mich selbst. Währenddessen blickte sie, immer noch nackt, mit dem Gesicht an der Scheibe, aus dem Fenster.

»Willst du wirklich lieber allein bleiben?«

»Ja. Geh schnell.«

»Sobald ich am Quai d'Anjou bin, werde ich dich anrufen.«

»Ja, tu das. Ich bin den ganzen Tag hier.«

»Im Laufe des Tages komme ich noch einmal vorbei.«

»Ja. Aber jetzt geh.«

Sie hat mich bis zum Treppenabsatz begleitet, hat mich geküßt – sie hatte immer noch nichts an – und sich dann über das Geländer gebeugt und geflüstert:

»Sei vorsichtig.«

Ich habe keine Angst gehabt, obwohl ich nicht behaupten kann, daß ich sehr mutig bin, und mir vor Schlägereien graut. Aber der womöglich unerfreulichen Begegnung mit einem verzweifelten jungen Mann wollte ich doch lieber aus dem Wege gehen. Zumal ich ihm nicht böse bin, ihm nichts vorzuwerfen habe und seine Verfassung verstehe.

Auf der Rue de Ponthieu war kein Mensch, und meine

Schritte hallten laut durch die Stille, als ich auf der Suche nach einem Taxi zur Rue de Berri hinaufging. Auf den Champs-Elysées kam ein Paar in Abendgarderobe zurück ins ›Claridge‹. Sie waren Ausländer, gingen untergehakt, und in den Haaren der Frau kringelten sich Luftschlangen.

»Quai d'Anjou. Ich sage Ihnen, wo Sie halten sollen.«

Ich machte mir Sorgen um Yvette. Wie ich sie kenne, hat sie sich bestimmt nicht wieder ins Bett gelegt, sondern ist weiter am Fenster gestanden, ohne daran zu denken, sich anzuziehen. Manchmal zieht sie sich den ganzen Tag nicht an, selbst im Sommer, wenn die Fenster offenstehen.

»Du tust das absichtlich«, habe ich einmal zu ihr gesagt.

»Was?«

»Dich den Leuten gegenüber nackt zeigen.«

Sie hat mich so angeblickt, wie sie es immer tut, wenn ich ihr auf die Schliche komme, und mühsam ein Lächeln unterdrückt.

»Das ist doch amüsant, findest du nicht?«

Vielleicht würde es sie auch amüsieren, wenn Mazetti tatsächlich erschiene. Ich bin nicht einmal sicher, ob sie ihn nicht anrufen würde, wenn sie wüßte, wo sie ihn erreichen könnte. Es ist immer das gleiche Verlangen bei ihr, sich interessant zu machen.

Ich fürchte, wenn sie ihn auf der Straße gesehen hätte, hätte sie die Polizei angerufen, nur der Sensation wegen.

Kaum war ich wieder in meinem Büro, habe ich sie angerufen. »Hier Lucien.«

»Bist du gut nach Hause gekommen?«

»Ist er nicht gekommen?«

»Nein.«

»Hast du die ganze Zeit am Fenster gestanden?«

»Ja.«

»Leg dich wieder hin.«

»Glaubst du nicht, daß er kommen wird?«

»Nein. Ich rufe dich nachher wieder an.«

»Ich hoffe, du wirst dich auch hinlegen.«

»Ja.«

»Verzeih mir, daß ich dir eine schlaflose Nacht bereitet habe. Ich schäme mich, daß ich mich betrunken habe, aber ich habe gar nicht gemerkt, wieviel es war.«

»Geh ins Bett.«

»Wirst du mit deiner Frau darüber sprechen?«

»Ich weiß es nicht.«

»Sag ihr nicht, daß ich mich übergeben habe.«

Sie weiß, daß Viviane über alles im Bilde ist. Es macht ihr sehr zu schaffen, denn sie möchte ihr gegenüber keine zu klägliche Rolle spielen. Plötzlich fragt sie mich:

»Was erzählst du ihr eigentlich? Alles, was wir tun?«

Manchmal, wenn sie mir diese Frage stellt, fügt sie lächelnd hinzu:

»Selbst das, was ich jetzt mit dir mache?«

Wie ich schon sagte, habe ich durch das Fenster meines Arbeitszimmers gesehen, aber niemanden auf dem Quai bemerkt. Wahrscheinlich ist Mazetti nach Hause gegangen und schläft jetzt wie ein Murmeltier.

Ich bin leise hinaufgegangen. Meine Frau hat trotzdem die Augen halb geöffnet, als ich meine beiden Schlaftabletten schluckte.

»Ist nichts Schlimmes passiert?«

»Nein. Schlaf weiter.«

Sie schien nicht ganz wach geworden zu sein, denn sie ist sofort wieder eingeschlafen. Ich habe auch versucht zu schlafen, aber es ging nicht. Meine Nerven waren zu gereizt, sie sind es auch jetzt noch. Ich brauche nur meine Schrift anzusehen, um es zu wissen. Ein Graphologe würde vielleicht sagen, es sei die Schrift eines Irren oder eines Süchtigen.

Seit einiger Zeit bin ich auf etwas Unangenehmes gefaßt, aber ich kann mir nichts Unangenehmeres und Demütigenderes vorstellen als diese letzte Nacht.

Mit geschlossenen Augen in meinem warmen Bett liegend, habe ich mich gefragt, ob Mazetti nicht fähig wäre, mir etwas anzutun. Mir sind im Laufe meines Berufslebens schon die unglaublichsten Dinge untergekommen. Ich habe nie mit ihm gesprochen. Ich habe ihn nur gesehen und den Eindruck gewonnen, daß er ein ernster, verschlossener junger Mann ist, der stur seinen Weg geht.

Ist ihm klar, daß seine Liebe zu Yvette seine ganze Zukunft bedroht, für die er so viele Opfer bringt? Wenn sie ihm alles gesagt hat, wenn er sie kennt, wie ich sie kenne, ist er dann so naiv zu hoffen, daß er aus ihr einen anderen Menschen, die brave Ehefrau eines ehrgeizigen jungen Arztes machen kann?

Er steckt tief in einer inneren Krise und ist keiner ruhigen Überlegung fähig. Morgen oder in einigen Tagen wird er der Wirklichkeit ins Auge sehen und froh sein, daß es mich gibt.

Das Schlimme ist, daß ich dessen nicht ganz sicher bin. Warum sollte er anders reagieren, als ich es getan habe?

Weil er zu jung ist, um zu verstehen, um zu fühlen, was ich gefühlt habe?

Ich möchte es gern glauben. Ich habe so viele Erklärungen für meine Bindung an Yvette gesucht. Ich habe sie eine nach der anderen verworfen, habe sie wieder hervorgeholt, kombiniert, miteinander vermischt, ohne aber zu einem befriedigenden Resultat zu gelangen. Und heute morgen komme ich mir alt und dumm vor. Als ich vorhin mit vor Müdigkeit brennenden Augen in mein Arbeitszimmer hinunterging, habe ich die Bücher angestarrt, die die ganzen Wände füllen, und mit den Schultern gezuckt.

Ob Andrieu sich einst ähnlich mitleidig betrachtet hat?

Heute beneide ich jene, die immer noch zwischen Chelles und Lagny paddeln, und alle jene, die ich auf meinem Wege hinter mir gelassen habe, weil sie nicht von der Stelle kamen.

Da stehe ich am Fenster und spähe nach einem jungen Dummkopf aus, der anscheinend gedroht hat, Erklärungen von mir zu fordern. Ich sage ›anscheinend‹, weil ich nicht einmal sicher bin, ob das alles wahr ist, ob Yvette mir nicht heute abend oder morgen gestehen wird, daß sie übertrieben hat, ja, daß ein guter Teil von dem, was sie mir erzählt hat, reine Erfindung war.

Ich kann ihr deswegen nicht böse sein. Es ist nun einmal ihre Natur, und wenn man es recht bedenkt, machen wir es alle mehr oder weniger so. Der Unterschied ist nur, daß sie alle Fehler, alle Laster, alle Schwächen hat. Ach, sie *hat* sie ja nicht einmal! Sie *möchte* sie haben. Es ist ein Spiel, das sie spielt, es ist ihre Art, die Leere zu füllen.

Ich bin heute morgen nicht in der Verfassung, mich zu

analysieren. Was hätte es übrigens auch für einen Zweck? Was würde es mir nützen zu wissen, warum ich ihretwegen dahingekommen bin, wo ich bin?

Es steht nicht einmal fest, ob ich ihretwegen dahin gekommen bin. Die Verfasser von Singspielen, die fröhlichen Autoren, die es fertigbringen, über das Leben zu lachen, nennen das den zweiten Frühling und machen sich darüber lustig.

Ich habe das Leben nie tragisch genommen. Ich wehre mich auch heute noch dagegen. Ich versuche, objektiv zu bleiben, mich und die anderen nüchtern zu beurteilen. Vor allem versuche ich zu verstehen. Als ich mit dieser Niederschrift begann, habe ich mir hin und wieder gleichsam zugezwinkert, als ob ich mich einem Spiel hingäbe.

Aber ich habe noch nicht einmal darüber gelacht. Heute morgen ist mir weniger nach Lachen zumute denn je, und ich frage mich, ob ich nicht lieber in der Haut eines dieser sonntäglich gekleideten Kleinbürger stecken möchte, die zum Hochamt eilen.

Ich habe eben Yvette zum zweitenmal angerufen. Es hat eine ganze Weile gedauert, bis sie an den Apparat kam. An der Art, wie sie ›Hallo‹ sagte, habe ich gemerkt, daß inzwischen etwas geschehen war.

»Bist du allein?«

»Nein.«

»Ist er da?«

»Ja.«

Damit sie in seiner Anwesenheit nur knappe Antworten zu geben brauchte, habe ich ihr präzise Fragen gestellt.

»Wütend?«

»Nein.«

»Hat er dich um Verzeihung gebeten?«

»Ja.«

»Hat er immer noch die gleichen Absichten?«

»Das heißt ...«

Mazetti muß ihr den Hörer aus der Hand gerissen haben, denn plötzlich war das Gespräch unterbrochen.

Alter Dummkopf!

# 5

*Samstag, den 26. November*

In den letzten zwei Wochen bin ich nicht einen Augenblick dazu gekommen, diese Akte aufzuschlagen. Ich lebe in einer ständigen Erregung, so daß ich den Tag kommen sehe, da ich vor Erschöpfung zusammenbrechen werde und keinen Schritt mehr zu tun und kein Wort mehr zu sprechen vermag. Zum ersten Mal erscheint es mir durchaus möglich, daß es plötzlich über meine Kräfte gehen wird, zu sprechen, und tatsächlich spreche ich schon jetzt aus Müdigkeit weniger.

Ich bin nicht der einzige, der glaubt, daß ich einem Nervenzusammenbruch nahe bin. In den Augen der Menschen, die um mich sind, lese ich die gleiche Besorgnis. Man beginnt mich bereits verstohlen wie einen Schwerkranken zu beobachten. Was weiß man im Justizpalast von meinem persönlichen Leben? Ich habe keine Ahnung, aber manche geben mir nur zögernd die Hand und sagen wie nebenbei:

»Übernehmen Sie sich nicht!«

Pémal, der sonst immer optimistisch ist, hat die Stirn gerunzelt, als er neulich meinen Blutdruck maß. Ich mußte ihn in aller Eile in meinem Studio empfangen, weil ich einen Klienten im Büro hatte und zwei weitere im Wartezimmer saßen.

»Es hat wohl keinen Sinn, daß ich Sie bitte, auszuspannen?«

»Nein, im Augenblick ist das unmöglich. Sie müssen mir helfen, damit ich durchhalten kann.«

Er hat mir irgendwelche Vitaminspritzen verordnet, und seitdem kommt jeden Morgen eine Schwester, um mir zwischen Tür und Angel eine Spritze zu geben. Aber Pémal glaubt selber kaum an ihre Wirkung.

»Es kommt der Augenblick, in dem man die Feder nicht noch stärker spannen kann.«

Genau dieses Gefühl habe ich – als ob eine Feder in mir zu vibrieren begänne, die schließlich zerspringen wird. Ich spüre in meinem ganzen Körper so etwas wie ein Zittern, dem ich nicht Einhalt zu gebieten vermag und bei dem mir manchmal der Angstschweiß ausbricht. Ich schlafe kaum. Ich habe nicht die Zeit dazu. Ich wage nicht einmal mehr, mich nach dem Essen in einen Sessel zu setzen. Ich komme mir wie ein krankes Pferd vor, das sich nicht hinlegt, aus Angst, nicht wieder auf die Beine zu kommen.

Ich bemühe mich, all meinen Verpflichtungen nachzukommen, und begleite obendrein Viviane zu den verschiedensten gesellschaftlichen Veranstaltungen, zu Generalproben, zu Cocktailparties, zu Diners bei Corinna und anderen, auf denen sie sich nicht gern allein zeigt. Sie ist mir dankbar dafür, obwohl sie es nicht sagt und sich Sorgen um mich macht.

Als ob sich alles gegen mich verschworen hätte, habe ich noch nie so viele wichtige Prozesse gehabt, bei denen ich mich von niemandem vertreten lassen kann.

Der südamerikanische Gesandte zum Beispiel kam wie

verabredet an jenem Montag. Wenn ich mir auch nicht ganz im unklaren darüber war, welche Probleme ihn beschäftigen, so war mir das, worum es wirklich ging, doch verborgen geblieben. Sie haben die Waffen. Sein Vater will durch einen kurzen und möglichst unblutigen Staatsstreich die Macht ergreifen. Nach den Worten des Gesandten, der immer leidenschaftlicher sprach, setzte sein Vater sein Leben und sein riesiges Vermögen einzig und allein für das Wohl seines Landes aufs Spiel, das augenblicklich von einer Bande von Geschäftemachern beherrscht und ausgebeutet wird.

Die Waffen, darunter drei viermotorige Flugzeuge, die die Verschwörer brauchen, um ihren Plan durchführen zu können, befinden sich an Bord eines Schiffes, das unter der Flagge Panamas fährt und das Pech gehabt hat, infolge einer Havarie in Martinique vor Anker gehen zu müssen.

Der Schaden hätte in zwei oder drei Tagen behoben werden können, aber der Zufall hat es gewollt, daß ein übereifriger Zöllner die Ladung inspizierte und dabei die Entdekkung machte, daß sie den Deklarationen nicht entsprach. Der Kapitän hat dann die Ungeschicklichkeit begangen, dem Mann Geld anzubieten, worauf der Beamte den Verwaltungsapparat in Bewegung gesetzt hat, mit dem Erfolg, daß das Schiff in dem Hafen festgehalten wird.

Ohne ihn wäre alles ganz einfach gewesen, denn die französische Regierung war durchaus bereit, die Augen zuzudrücken. Aber da der Zöllner nun einmal Meldung erstattet hatte, wurde es eine äußerst peinliche Angelegenheit. Ich habe eine Unterredung mit dem Ministerpräsidenten gehabt, der zwar voll guten Willens, aber dem Zollbeamten gegenüber fast machtlos ist. Ich weiß aus Erfahrung, daß schon der kleinste Beamte auf diese Weise Minister in Schach halten kann.

In einigen Tagen plädiere ich in der Affäre Neveu, die eine Heidenarbeit macht und seit Monaten die Gemüter bewegt. Die Geliebte des Konsuls hat auf ihren Liebhaber sechs Schüsse abgegeben, als dieser, nachdem sie zwei Kinder von ihm bekommen hatte, sich in den Fernen Osten absetzen und dort einen neuen Konsulatsposten antreten wollte. Mit äußerster Kaltblütigkeit hat sie die Tat in Gegenwart von Regierungsvertretern und Journalisten begangen und ihnen, die rauchende Waffe noch in der Hand, erklärt, sie wette, daß sie nicht verurteilt werde. In meiner augenblicklichen Situation würde ein schlechter Ausgang des Prozesses mir sehr schaden und als Beginn meines Abstiegs betrachtet werden.

Bei dem jungen Delrieu, der seinen Vater aus ungeklärten Gründen umgebracht hat, habe ich in dieser Woche zum Glück erreicht, daß er in eine Nervenheilanstalt interniert wird.

Jeden Tag finden sich neue Klienten ein. Würde ich auf Bordenave hören, würde ich sie nicht empfangen. Sie kommt sich in ihrem Büro wie ein Wachhund vor, dem man verbietet zu bellen, wenn sich Landstreicher nähern. Ich sehe oft, daß ihre Augen vom Weinen gerötet sind.

Schon manchmal habe ich in Momenten der Mutlosigkeit gedacht, daß ich, wenn sich alles gegen mich wenden würde, immer noch meine Sekretärin hätte und mit ihr alt werden könnte. Ist es nicht wie eine Ironie des Schicksals, daß ich ihr gegenüber eine physische Abneigung, fast einen Ekel empfinde und sie darum nie in die Arme nehmen oder gar nackt sehen könnte? Ich glaube, sie spürt es und leidet darunter, daß sie meinetwegen nie einem Mann gehören wird.

Das schwierigste war nicht, den Entschluß zu fassen, sondern mit Viviane darüber zu sprechen. Denn ich war mir diesmal bewußt, ein wenig zu weit zu gehen und mich aufs Glatteis zu wagen. Was auch geschehen mag, ich werde bis zuletzt wissen, was ich tue, und ich übernehme die volle Verantwortung für mein Tun, für all mein Tun.

Die Woche nach jenem Abend bei ›Manière‹ war eine der unangenehmsten und vielleicht die lächerlichste meines Lebens. Ich frage mich, wie ich die Zeit gefunden habe, zu plädieren, die Akten meiner Klienten zu studieren und obendrein mich mit Viviane auf mehreren Gesellschaften zu zeigen.

Zu dem Entschluß ist es durch Mazetti und seine neue Taktik gekommen. Nichts wird mich vom Gedanken abbringen, daß er es absichtlich getan hat. Es ist auch nicht so dumm gewesen, denn er hat damit fast Erfolg gehabt.

Am Sonntagabend hatte ich ein ernstes Gespräch mit Yvette, und ich meinte es beinahe ehrlich, als ich sie vor die Wahl stellte.

»Wenn du ihn heiraten willst, ruf ihn an.«

»Nein, Lucien, ich will es nicht.«

»Würdest du mit ihm unglücklich sein?«

»Ich kann nicht ohne dich glücklich sein.«

»Bist du sicher?«

Sie wirkte vor lauter Erschöpfung wie ein Gespenst und bat mich, zur Stärkung ein Glas trinken zu dürfen.

»Was hat er zu dir gesagt?«

»Daß er so lange warten wird wie nötig und daß ich ihn eines Tages bestimmt noch heirate.«

»Wird er wiederkommen?«

Sie antwortete nicht darauf.

»Nun, wenn du dich wirklich entschieden hast, dann schreib ihm einen Brief, der ihm keine Hoffnung läßt.«

»Was soll ich ihm schreiben?«

»Daß du ihn nicht wiedersehen willst.«

Sie hatte tagsüber mit ihm geschlafen, man sah es ihr noch an, ihre wunden, wie aufgeweichten Lippen beherrschten das ganze Gesicht.

Ich habe ihr den Brief zum Teil diktiert und ihn dann selber in den Kasten gesteckt.

»Versprich mir, daß du dich nicht meldest, wenn er anruft oder an die Tür klopft.«

»Ich verspreche es.«

Er hat weder angerufen noch versucht, zu ihr zu kommen. Doch schon am nächsten Morgen rief sie mich an.

»Er ist da.«

»Wo?«

»Vor dem Haus.«

»Hat er nicht bei dir geläutet?«

»Nein.«

»Was tut er?«

»Nichts. Er lehnt am Haus gegenüber und blickt unentwegt zu meinen Fenstern herauf. Was rätst du mir?«

»Ich werde dich zum Mittagessen abholen.«

Ich habe es getan. Ich sah Mazetti auf der Straße stehen, unrasiert und schmutzig, als ob er, ohne sich umzuziehen, direkt von der Fabrik dorthin gelaufen wäre.

Er ist nicht auf uns zugekommen, hat Yvette nur mit dem Blick eines geprügelten Hundes angesehen.

Als ich sie eine Stunde später zurückbrachte, war er nicht mehr da. Aber am Tag darauf und am übernächsten erschien er wieder. Mit seinen Bartstoppeln und seinen fiebrigen Augen sah er schon fast wie ein Bettler aus.

Ich weiß nicht, wieweit er es aufrichtig meint. Auch er ist in einer Krise. Von einem Tage auf den anderen scheint er auf die Laufbahn verzichtet zu haben, deretwegen er so viele Entbehrungen auf sich genommen hat, als ob nur noch Yvette für ihn zählte.

Im Laufe der Woche sind sich unsere Blicke mehrmals begegnet, und ich habe in seinen Augen einen verächtlichen Vorwurf gelesen.

Ich habe alle denkbaren Lösungen ins Auge gefaßt, auch unmögliche wie die, Yvette in der Wohnung unten, in der sich mein Arbeitszimmer und die Büros befinden, einzuquartieren. Wir haben dort ein Schlafzimmer und ein Bad, das Bordenave benutzt, wenn sie bis spät in die Nacht arbeitet.

Ein paar Stunden lang hat mich dieser Plan gereizt. Die Aussicht, Yvette Tag und Nacht in der Nähe zu haben, erschien mir verführerisch, bis schließlich meine Vernunft wieder die Oberhand gewonnen hat. Es ist natürlich undurchführbar, und sei es nur Vivianes wegen. Sie hat schon viel geduldet. Und sie ist bereit, noch mehr zu dulden, aber so weit würde sie denn doch nicht gehen.

Ich habe das gemerkt, als ich ihr von meinem Entschluß berichtet habe. Es war nach dem Mittagessen. Ich hatte absichtlich diesen Augenblick gewählt, denn ich wurde im

Justizpalast erwartet und hatte nur noch eine Viertelstunde Zeit, so daß von vornherein nicht die Gefahr bestand, daß sich die Unterhaltung in die Länge zog.

Als wir in den Salon gingen, um den Kaffee zu trinken, habe ich gemurmelt: »Ich muß mit dir sprechen.« Ich habe ihrem müden Gesicht gleich angemerkt, daß sie schon auf einiges gefaßt war. Vielleicht hatte sie eine noch ernstere Entscheidung erwartet. Jedenfalls habe ich gespürt, daß sie betroffen war, und sie sah plötzlich erschreckend alt aus.

Mir war schwer ums Herz, wie wenn man einem Tier, das einem lange treu gewesen ist, die tödliche Spritze geben muß.

»Setz dich bitte. Sag nichts. Es ist nichts Schlimmes.«

Sie hat sich bemüht zu lächeln, und ihr Lächeln war hart und abweisend. Als ich ihr sagte, um welche Wohnung es sich handelte, merkte ich, daß sie sich nicht aus sentimentalen Gründen versteifte. Einen Augenblick lang habe ich sogar geglaubt, es käme zu einer heftigen Auseinandersetzung, und ich bin nicht sicher, ob ich mir das nicht gewünscht hätte. Wir hätten beide auf einen Schlag Schluß gemacht statt etappenweise. Ich war jedenfalls entschlossen, nicht nachzugeben.

»Aus Gründen, die zu erklären zu umständlich wäre und die du übrigens wohl kennst, kann sie unmöglich weiter im Hotel wohnen bleiben.«

Wir sagen immer ›sie‹, ich aus Zartgefühl, meine Frau aus Verachtung.

»Ich weiß.«

»Dann ist ja alles ganz einfach. Ich muß sie so schnell

wie möglich irgendwo anders unterbringen, damit jemand, der sie bedrängt, nicht weiß, wo sie wohnt.«

»Ich verstehe. Sprich weiter.«

»Und ich habe gerade von einer Wohnung erfahren, die frei ist.«

Wußte sie das schon, vielleicht durch den Vermittler?

Als wir im zweiten Jahr, wenn mich meine Erinnerung nicht täuscht, an der Place Denfert-Rochereau wohnten, erschien uns unsere Wohnung bereits unbequem. Wir träumten davon, in die Nähe des Justizpalastes zu ziehen. Mehrmals sind wir auf der Ile Saint-Louis spazierengegangen, die uns sehr verlockend vorkam.

An der äußersten Spitze der Insel, gegenüber der Cité und Notre-Dame, war damals eine Wohnung frei. Wir haben sie zusammen besichtigt, und sie gefiel uns ausnehmend gut. Die gesetzlich festgesetzte Miete war nicht übertrieben hoch, aber wir hätten die Räume instand setzen lassen müssen, was uns unsere Finanzen nicht erlaubten, und so sind wir schweren Herzens wieder fortgegangen.

Einige Zeit darauf lernten wir bei Freunden eine Amerikanerin, Miss Wilson, kennen, die die Wohnung unserer Träume nicht nur gemietet, sondern gekauft hatte. Ich glaube, Viviane ist einmal zum Tee bei ihr gewesen. Sie schrieb, ging viel in den Louvre, verkehrte mit Künstlern und fand, wie alle amerikanischen Intellektuellen, die in Europa leben, ihr Heimatland barbarisch und wollte ihre Tage in Paris beschließen. Alles entzückte sie hier – die Bistros, die Markthallen, die mehr oder weniger verdächtigen Gassen, die Clochards, die knusprigen Hörnchen am Morgen, der Rotwein und die Tanzfeste.

Und dann hat sie vor zwei Monaten mit ihren fünfundvierzig Jahren einen Amerikaner geheiratet, der vorübergehend in Paris war. Er ist Professor an der Harvard-Universität, jünger als sie, und sie ist mit ihm in die Vereinigten Staaten zurückgekehrt.

Sie hat von heute auf morgen mit Paris gebrochen und eine Maklerfirma beauftragt, ihre Wohnung mitsamt der ganzen Einrichtung schnellstens zu verkaufen.

Die Wohnung liegt nur hundertfünfzig Meter von uns entfernt, und ich brauchte, um Yvette zu besuchen, nicht mehr ein Taxi zu nehmen oder Albert zu bemühen.

»Ich habe es mir gründlich überlegt. Auf den ersten Blick scheint es Wahnsinn zu sein, aber ...«

»Hast du die Wohnung gekauft?«

»Noch nicht. Ich werde heute abend den Vertreter der Maklerfirma treffen.«

Von diesem Augenblick an verteidigte meine Frau nicht mehr ihr Glück, sondern ihre Interessen.

»Du wirst doch wohl die Wohnung nicht auf sie überschreiben?«

Ich war auf diesen Einwurf gefaßt. Ich hatte tatsächlich daran gedacht, sie Yvette zu schenken, damit sie nicht wieder heimatlos wäre, wenn mir etwas zustieße. Viviane wird nach meinem Tode dank der hohen Lebensversicherung, die ich zu ihren Gunsten abgeschlossen habe, fast genauso weiterleben können wie jetzt.

Ich habe einen Augenblick gezögert und dann, weil mir der Mut fehlte, einen Rückzieher gemacht. Es ärgert mich jetzt, daß ich so feige war und errötend gestammelt habe:

»Natürlich nicht.«

Mich ärgert das um so mehr, als sie meine ursprüngliche Absicht erraten und so einen Sieg davongetragen hat.

»Wann unterzeichnest du den Kaufvertrag?«

»Heute abend.«

»Zieht sie schon morgen dort ein?«

»Übermorgen.«

Sie hat bitter gelächelt, wahrscheinlich dachte sie an unsere Besichtigung damals und unseren Kummer, als wir hörten, wieviel wir für die Instandsetzung zahlen mußten.

»Hast du mir nichts weiter zu sagen?«

»Nein.«

»Bist du glücklich?«

Ich habe genickt, und da hat sie mir liebevoll, als wollte sie mich beschützen, auf die Schulter geklopft. An dieser Geste, die sie so zum ersten Mal machte, wurde mir mit einemmal klar, wie sie zu mir steht. Seit langem, vielleicht schon seit eh und je, betrachtet sie mich als ihr Geschöpf. Bevor ich sie kennenlernte, existierte ich ihrer Meinung nach gar nicht. Sie hat mich gewählt, wie Corinna Jean Moriat gewählt hat, mit dem Unterschied, daß ich nicht einmal Abgeordneter bin, und sie hat für mich ein luxuriöses, angenehmes Leben geopfert.

Sie hat mir bei meinem Aufstieg geholfen – es wäre undankbar von mir, das leugnen zu wollen –, hat mich mit vielen einflußreichen Leuten bekannt gemacht und mir zahlreiche Klienten zugeführt. Zum Teil verdanke ich ihr auch, daß mein Name immer wieder nicht nur in der Gerichtsrubrik der Zeitungen erscheint, denn sie hat mich zu einer prominenten Persönlichkeit gemacht.

Sie hat mir an diesem Tage nichts gesagt, hat mir keinen

Vorwurf gemacht, aber ich habe gespürt, daß ich nicht einen Schritt weiter gehen durfte, daß die Wohnung am Quai d'Orléans, und zwar als *meine* Wohnung, die äußerste Grenze war, die zu überschreiten sie mir nicht erlauben würde.

Ich frage mich, ob sie über mich sprechen, sie und Corinna; ob sie eine Art Clan bilden, denn es sind einige in derselben Lage. Oder ob sie im Gegenteil den Neid untereinander schüren und verlogene Vertraulichkeiten und Lächeln austauschen.

Die ganze Woche war für mich ein Kampf mit der Zeit, weil ich befürchtete, daß Yvette sich von Mazetti erweichen lassen könnte, daß sie ihm von ihrem Fenster aus das ersehnte Zeichen geben und er sich ihr dann in die Arme werfen würde. Ich habe sie stündlich angerufen, selbst in den Pausen während der Gerichtsverhandlungen. Sobald ich konnte, lief ich in die Rue de Ponthieu, wo ich aus Vorsicht jede Nacht schlief.

»Versprichst du mir, wenn ich dich von hier fortbringe, ihm nicht zu schreiben, ihm unter keinen Umständen deine neue Adresse mitzuteilen, eine Zeitlang nicht in die Lokale zu gehen, wo er dich finden könnte?«

Ich habe nicht gleich begriffen, warum sie mich so erschrocken ansah. Gehorsam antwortete sie:

»Ich verspreche es dir. Aber wohin bringst du mich denn?«

»Ganz in meine Nähe.«

Da erst hat sie mir erleichtert gestanden:

»Ich dachte, du wolltest mich aufs Land schicken.«

Vor dem Land fürchtet sie sich. Schon ein Sonnenuntergang hinter Bäumen, und wären es auch die Bäume eines Pariser Platzes, versetzt sie in düstere Melancholie.

»Wann?«

»Morgen.«

»Soll ich meine Sachen packen?«

Sie besitzt jetzt schon so viel, daß sie einen großen und zwei kleine Koffer dafür braucht.

»Wir werden bei Nacht umziehen, wenn wir sicher sind, daß der Weg frei ist.«

Um halb zwölf, nach einem großen Diner beim Präsidenten der Anwaltskammer, habe ich mich von Albert zu ihr fahren lassen. Albert hat das Gepäck heruntergeholt, während ich unten Wache stand. Es schneite ein wenig. Zwei Mädchen, die in der Rue de Ponthieu auf den Strich gingen, haben zuerst versucht, mich anzulocken, und dann neugierig der ›Entführung‹ beigewohnt.

Seit Monaten halte ich mich durch das Versprechen aufrecht, daß ich von morgen oder von der nächsten Woche an ein ruhigeres und leichteres Leben führen werde. Als ich die Wohnung am Quai d'Orléans gekauft habe, war ich davon überzeugt, daß damit alles in Ordnung sei und daß ich von nun an Yvette gleichsam im Vorübergehen morgens und abends besuchen könnte.

Es hätte keinen Sinn, diese Niederschrift fortzusetzen, wenn ich darin nicht alles sagen würde. Eine fast jugendliche Leidenschaft hat mich ergriffen. Die Wohnung ist ein erlesenes Schmuckkästchen.

Das Hotel am Boulevard Saint-Michel hatte etwas von einem billigen Liebesabenteuer, die Rue de Ponthieu war die Bleibe einer kleinen Dirne. Jetzt gab es auf einmal ein neues wundervolles Universum. Damit sich Yvette dort heimischer fühle, bin ich in die Rue Saint-Honoré geeilt und habe Wäsche, Hausanzüge und Morgenröcke für sie gekauft, die zu der Wohnung passen.

Und damit sie wenigstens nicht in der ersten Zeit auf den Gedanken kommt auszugehen, habe ich ihr auch einen Plattenspieler mit vielen Platten und ein Fernsehgerät gebracht, spannende Bücher, wie sie sie liebt, wenn auch nicht gerade Schundromane.

Ohne ihr Wissen habe ich ein hübsches, appetitliches und redseliges junges Mädchen engagiert, das Jeanine heißt und ihr Gesellschaft leisten wird.

Von alledem habe ich Viviane gegenüber nichts erwähnt, aber ich habe Grund zu glauben, daß sie darüber Bescheid weiß. In den drei Tagen, die ich so herumlief, hat sie mich gerührt und ein wenig mitleidig angeblickt, wie eine Mutter ihren Jungen, der in der Pubertät ist.

In der dritten Nacht, die wir in der neuen Wohnung schliefen, wurde ich plötzlich wach, weil ich das Gefühl hatte, daß Yvette neben mir glühend heiß war. Und das war keine Täuschung. Als ich ihr um vier Uhr morgens die Temperatur maß, hatte sie neununddreißig, und um sieben Uhr war das Thermometer schon auf fast vierzig gestiegen. Ich habe sofort Pémal angerufen.

»Quai d'Orléans, sagen Sie?« hat er verwundert gefragt.

Ich brauchte ihm nichts zu erklären. Als er mich in dem Schlafzimmer vorfand, wo Yvette nackt im Bett lag, wußte er sofort alles.

Es war keine gefährliche Krankheit, nur eine böse Angina, die eine Woche gedauert hat. Ich bin während dieser

Zeit zwischen den beiden Wohnungen und dem Justizpalast hin und her geeilt.

Ich habe in jenen Tagen entdeckt, daß Yvette eine wahnsinnige Angst vor dem Tode hat. Jedesmal, wenn die Temperatur wieder stieg, klammerte sie sich an mich wie ein Tier in seiner höchsten Not und bat mich, den Arzt zu rufen, der an einem Tag sogar dreimal kommen mußte.

»Laß mich nicht sterben, Lucien!« hat sie mich immer wieder angefleht und die Augen weit aufgerissen, als würde ein weiß Gott wie schreckliches Jenseits vor ihr auftauchen.

»Ich will nicht sterben. Bleib bei mir.«

Neben ihrem Bett sitzend und ihre Hand haltend, habe ich telefoniert, um Verabredungen zu verschieben, um mich zu entschuldigen und um Bordenave Briefe zu diktieren, die keinen Aufschub duldeten.

Trotzdem habe ich mir für die ›Nacht der tausend Sterne‹ den Frack angezogen, und ich merkte, wie Viviane mich beobachtete und überlegte, ob ich nicht plötzlich das Fest verlassen und zum Quai d'Orléans stürzen würde.

Als ob die Situation nicht schon kompliziert genug gewesen wäre, stand am nächsten Morgen Mazetti, der immer noch seinen Bart wachsen läßt, vor dem Haus am Quai d'Anjou. Sicherlich glaubte er, er brauchte mir nur nachzugehen, um Yvette zu finden, und vielleicht dachte er sogar, sie wohnte bei mir.

Ich habe mich von Albert auf Umwegen zu Yvette fahren lassen müssen und Yvettes Wohnung immer erst verlassen, wenn ich wußte, daß der Weg frei war.

Wenn ich diese trüben Einzelheiten vermerke, so nur darum, weil sie ihre Bedeutung haben und weil sie helfen, den Zustand zu erklären, in dem ich mich auch jetzt noch befinde.

Zum Glück ist Mazetti nur dreimal hiergewesen. Ich war darauf gefaßt, daß er heraufkommen und mich zu sprechen verlangen würde, und hatte die entsprechenden Anweisungen gegeben. Da er bewaffnet sein konnte, habe ich meinen Revolver in meine Schreibtischschublade gelegt. Aber er ist von einem Tag auf den anderen verschwunden, fast zur gleichen Zeit, als es Yvette besserzugehen begann.

Jetzt ist sie zwar immer noch schwach, steht aber schon wieder auf, und Pémal verabreicht ihr dieselben Spritzen wie mir.

Ich weiß nicht, ob er Yvette wiedererkannt hat, deren Foto die Zeitungen während des Prozesses gebracht hatten. Es kommt mir so vor, als ob er mich bemitleidet, und vielleicht hält auch er das Ganze für einen zweiten Liebesfrühling.

Aber dieser Ausdruck widerstrebt mir. Ich habe Vereinfachungen immer gehaßt. Einer meiner Kollegen, von dem man seiner witzigen Bemerkungen wegen fast ebensoviel spricht wie von mir und der als einer der geistreichsten Männer von Paris gilt, hat immer eine bissige und vereinfachende Erklärung parat.

Für ihn besteht die Menschheit nur aus wenigen Typen und das Leben aus einer Anzahl mehr oder weniger heftiger Krisen, die die Menschen früher oder später durchmachen, manchmal ohne es selber zu merken, wie einst die Kinderkrankheiten.

Das klingt verführerisch, und er hat so manches Mal die Richter damit entwaffnet, daß er sie durch einen Witz zum

Lachen brachte. Gewiß bin auch ich die Zielscheibe seines Spotts, und seine Scherze machen die Runde im Justizpalast und in den Salons. Ist es nicht komisch, daß ein Mann meines Alters und meiner Stellung – vielleicht fügt er noch hinzu: meiner Intelligenz – sein Leben und das seiner Frau ruiniert, weil eines Abends eine kleine Dirne zu ihm gekommen ist, ihn um ihre Verteidigung gebeten und anschließend den Rock gehoben hat?

Was mich überrascht, ich gestehe es offen, was mich verwirrt, ist die Tatsache, daß Mazetti in Yvette verliebt ist, und ich neige zu der Annahme, daß er sich kaum für sie interessieren würde, wenn ich nicht wäre.

Wer eines Tages die Seiten dieser Akte liest, wird bemerken, daß ich nie das Wort ›Liebe‹ benutzt habe, und das ist kein Zufall. Ich glaube nicht an Liebe. Genauer gesagt, ich glaube nicht an das, was man im allgemeinen so nennt. Ich habe zum Beispiel Viviane nie geliebt, sosehr sie mich auch damals am Boulevard Malesherbes in Verwirrung gebracht hat.

Sie war die Frau meines Chefs, die Frau eines Mannes, der berühmt war und den ich bewunderte. Sie lebte in einer Welt, die den armen Studenten, der ich eben noch gewesen war, blenden mußte. Sie war schön, und ich war häßlich. Daß sie sich mit mir einließ, war ein Wunder, das mein Vertrauen in mich selbst und in mein Schicksal jäh steigerte.

Denn ich wußte schon, was sie an mir anzog: eine gewisse Kraft, ein unbeugsamer Wille.

Sie ist meine Geliebte gewesen und dann meine Frau geworden. Ihr Körper hat mich beglückt, aber im Grunde nicht mehr als jeder andere Frauenkörper. Sie hat mich nicht in meine Träume verfolgt, und das, was ich für den wichtigsten Teil meines Sexuallebens halte, habe ich nie mit ihr geteilt. Ich war ihr dankbar dafür, daß sie mich erwählt, daß sie um meinetwillen das auf sich genommen hatte, was ich damals noch für ein Opfer hielt. Erst viel später ist mir die Wahrheit aufgegangen über das, was sie ihre Liebe nannte.

War diese Liebe nicht vor allem das Verlangen, sich zu bestätigen, sich selbst und anderen zu beweisen, daß sie mehr war als eine hübsche Frau, der man schöne Kleider kauft, die man beschützt und die man ausführt? War es nicht mehr als alles andere Herrschsucht?

Nun, sie hat mich zwanzig Jahre lang beherrscht und bemüht sich immer noch, es zu tun. Bis zu der Geschichte mit der Wohnung am Quai d'Orléans machte sie sich kaum Sorgen, ließ mir eine gewisse Freiheit, weil sie ihrer selbst sicher war und wußte, daß ich nach einer mehr oder weniger stürmischen Krise, die sie nicht bedrohte, zu ihr zurückkommen würde.

Bei der Unterhaltung nach dem Mittagessen hat mir ihr Gesicht verraten, daß sie sich plötzlich ernstlich bedroht fühlte. Zum ersten Mal hat sie das Gefühl gehabt, daß ich ihr entglitt und daß das für immer sein konnte.

Sie hat versucht, es sich nicht anmerken zu lassen. Sie spielt das Spiel weiter, aber ich spüre immer ihren fragenden Blick. Ich weiß, sie leidet, ich sehe, wie sie von Tag zu Tag älter wird, wie sie sich stärker schminkt. Doch nicht meinetwegen. Sondern ihretwegen und vor allem darum, weil sie sich eine falsche Vorstellung von sich und ihrer Macht gemacht hat.

Sie tut mir leid. Sie hat jedoch kein Mitleid mit mir – da kann sie mir noch so viele bestürzte Blicke zuwerfen. Ihre Besorgnis ist egoistisch. Es geht ihr nicht darum, daß ich mein inneres Gleichgewicht wiederfinde, sondern daß ich zu ihr zurückkomme. Selbst wenn ich auf den Tod verwundet zu ihr zurückkäme. Selbst wenn ich fortan nur noch wie ein Schatten neben ihr lebte.

Wie erklärt sie sich meine Leidenschaft für Yvette? Bei den anderen, die ich vor ihr hatte, hat sie geglaubt, Neugier und männliche Eitelkeit trieben mich ihnen in die Arme, das Verlangen jedes Mannes – besonders, wenn er häßlich ist –, sich zu beweisen, daß er sich eine Frau zu unterwerfen vermag.

Aber in den meisten Fällen war es nicht so, und ich glaube, ich habe genügend Selbsterkenntnis, um mich darin nicht zu täuschen. Hätte sie recht, dann hätte ich Abenteuer gehabt, die mir schmeicheln konnten – zum Beispiel mit einigen unserer Freundinnen, die zu erobern mir nicht schwergefallen wäre. Das ist jedoch ganz selten vorgekommen und immer nur, wenn ich mich mutlos fühlte und an allem zweifelte.

Meistens habe ich mich mit irgendwelchen mehr oder weniger professionellen Mädchen eingelassen. Und wenn ich darüber nachdenke, wird mir bewußt, daß sie alle manches mit Yvette gemeinsam hatten, was mir bisher entgangen ist.

Vor allem war es die rein sexuelle Begierde, wenn ich das so sagen darf, ohne daß man darüber lächelt – ich meine ein Begehren ohne Liebe und Leidenschaft. Tierische Sexualität. Oder schamlose.

Hunderte von Klienten, Männer und Frauen, haben mir ihr Geheimstes anvertraut, und ich habe gesehen, daß ich keine Ausnahme bin, daß es jeden Menschen bisweilen danach verlangt, sich wie ein Tier zu verhalten.

Vielleicht war es falsch, daß ich mich Viviane gegenüber nicht so zu zeigen gewagt habe, aber der Gedanke wäre mir nie gekommen. Wer weiß, ob sie mir das nicht vorwirft, ob sie nicht gelegentlich bei anderen die Befriedigung sucht, die ich ihr nicht gebe.

Einige unserer Freundinnen und fast alle unsere Freunde tun das, und wenn dieser Trieb nicht in der ganzen Welt verbreitet wäre, hätte es nicht zu allen Zeiten und in allen Ländern Prostitution gegeben.

Schon seit langem bin ich Viviane gegenüber kalt, und sie schreibt das meiner vielen Arbeit und sicherlich auch meinem Alter zu.

Aber mit Yvette kann ich nicht eine Stunde zusammensein, ohne daß es mich verlangt, sie nackt zu sehen, sie zu berühren und sie um Zärtlichkeiten zu bitten, und zwar nicht nur, weil ich sie durchschaue, weil sie irgendein Mädchen ist, auch nicht, weil ich ihr gegenüber keine Scham empfinde.

Morgen werde ich vielleicht das Gegenteil denken und schreiben. Aber ich bezweifle es.

Wie die meisten Mädchen, die mich erregt haben, ist Yvette für mich das personifizierte Weibchen mit all seinen Schwächen und mit seinem Bedürfnis, sich an den Mann zu hängen und zu seiner Sklavin zu machen.

Ich erinnere mich an ihre Überraschung und an ihren Stolz, als ich sie eines Tages ohrfeigte. Seither hat sie versucht, mich dann und wann bis zum Äußersten zu treiben, nur damit ich es wieder machte.

Ich behaupte nicht, daß sie mich liebt. Ich will von diesem Wort nichts wissen.

Aber sie hat darauf verzichtet, sie selber zu sein. Sie hat ihr Schicksal in meine Hände gelegt. Gleichgültig, ob aus Trägheit oder Schwäche. Es ist nun einmal ihre Rolle, und die scheint mir – vielleicht bin ich naiv – ein für allemal verdeutlicht in der Art, wie sie sich vor mir entblößt hat, nachdem sie mich gebeten hatte, ihre Verteidigung zu übernehmen.

Wenn ich sie morgen verlasse, wird sie wieder wie eine Hündin auf der Suche nach einem Herrn durch die Straßen streunen. Mazetti hat das bestimmt nicht erkannt. Er hält sie für eine Frau und nicht für ein Weibchen.

Sie schwindelt. Sie lügt. Sie spielt Komödie. Sie erfindet Geschichten, um mich zu reizen, und jetzt, da ihr Lebensunterhalt gesichert ist, suhlt sie sich in Faulheit. Manchmal erhebt sie sich tagelang nicht aus dem Bett, neben dem der Fernsehapparat steht.

Der Anblick eines vorbeigehenden Mannes bringt sie in Wallung, und auf der Straße fixiert sie die Männer an einer ganz bestimmten Stelle, mit derselben Hartnäckigkeit, mit der Männer auf den Hintern einer Frau starren. Schon ein Reklamefoto für Unterwäsche oder Badehosen in einer Illustrierten genügt, um sie zu erregen.

Sie hat sich mit Mazetti genauso im Bett herumgetrieben wie mit mir. Sie hat sich seit ihrer Pubertät mit Männern eingelassen. Kein Körperteil des Mannes, nichts, was er von ihr verlangt, widert sie an.

Ich leide, wenn ich sie in den Armen eines anderen weiß, ich kann nicht anders, als mir all ihre Bewegungen auszumalen, und doch wäre sie nicht sie selber, wenn sie es nicht täte.

Habe ich sie gewählt?

Ich habe das Wort absichtlich hingeschrieben, denn als sie zu mir kam, war es, als hätte ich sie erwartet. An jenem Abend habe ich meine Entscheidung getroffen.

Meines Alters wegen?

Vielleicht. Aber es handelt sich nicht um einen zweiten Frühling. Es handelt sich auch nicht um Altersverwirrung, nicht um Impotenz und erst recht nicht um das Verlangen nach einer jungen Partnerin.

Ich weiß, ich rühre da ein kompliziertes Problem an, über das man meist scherzhaft spricht, weil das einfacher und beruhigender ist. Überhaupt scherzt man im allgemeinen nur über Dinge, vor denen man Angst hat.

Warum sollte ein Mann, der eine gewisse Reife erreicht hat, nicht entdecken, daß …

Nein! Es gelingt mir nicht, mein Gefühl genau auszudrücken, und alles nicht ganz klar Umrissene ärgert mich.

Tatsachen!

Die entscheidende Tatsache ist, daß ich es nicht mehr aushalte ohne sie, daß ich physisch leide, wenn ich nicht bei ihr bin. Tatsache ist, daß ich sie neben mir spüren, ihren Geruch einatmen, mit ihrem Leib spielen und sie befriedigt sehen muß.

Für das alles gibt es jedoch eine andere Erklärung, obwohl niemand sie mir glauben wird: der Wunsch, jemanden glücklich zu machen, für jemanden die volle Verantwortung zu übernehmen, jemand, der einem alles verdankt, den man aus dem Nichts herausgeholt hat und von dem man weiß, daß er dorthin zurückkehren wird, wenn man ihn verstößt.

Halten sich nicht aus dem gleichen Grunde so viele Leute einen Hund, eine Katze, Kanarienvögel oder Goldfische? Ist das nicht auch der Grund, warum viele Eltern ihre Kinder nicht ihr eigenes Leben leben lassen? Gilt das gleiche für Viviane, und leidet sie darum darunter, daß sie mich ihr entgleiten sieht? Habe nicht auch ich jeden Samstag gelitten, wenn ich wußte, daß Mazetti in der Rue de Ponthieu war? Und wie war das damals mit Andrieu, dem Präsidenten der Anwaltskammer?

Es ist heute Samstag, und am Abend kann ich zu ihr gehen. Es gibt keine verfluchten, keine grausamen Samstage mehr. Ich bin müde, am Ende meiner Kräfte. Ich rolle vorwärts wie ein Auto mit kaputter Bremse, aber *sie* ist nur hundertfünfzig Meter von mir entfernt, und schlecht geht es mir nicht.

Nicht, daß ich glücklich wäre, aber es geht mir nicht schlecht.

Doch neue Verdrießlichkeiten warten auf mich. Sie werden gerade dann auf mich einstürzen, wenn ich glaube, mich entspannen zu dürfen. Meine Hauptsorge ist, daß ich körperlich nicht durchhalte. Jene Leute, die mich beunruhigt oder mitleidig anblicken, beginnen mir Angst einzujagen. Was soll geschehen, wenn ich krank werde und mich ins Bett legen muß? Wenn ich in meinem Büro zusammenbreche, könnte ich kaum verlangen, daß man mich zum Quai d'Orléans bringt – falls ich überhaupt noch imstande wäre, solch einen Wunsch zu äußern. Und wenn es mir dort passierte, würde dann Viviane nicht kommen und mich holen?

Aber ich will um keinen Preis von Yvette getrennt werden. Ich muß also durchhalten, und ich werde morgen Pémal fragen, ob ich nicht besser eine Kapazität konsultieren sollte.

In einer Stunde fahren Viviane und ich zu einem Diner bei dem südamerikanischen Gesandten. Meine Frau ist bereits mit ihrer Toilette beschäftigt. Sie wird ein neues Kleid tragen, das sie sich für diesen Anlaß hat machen lassen. Ich werde den Frack anziehen müssen, was mich zwingt, mich nach der Gesellschaft umzuziehen, bevor ich mich zum Quai d'Orléans begebe.

Yvettes augenblickliche Schwäche wird nicht ewig dauern. Ihr Einsiedlerleben, das für sie neu ist, amüsiert sie im Augenblick noch. Als uns gestern Jeanine, das Mädchen, den Tee brachte, hat Yvette gesagt:

»Du solltest dich auch einmal mit ihr vergnügen. Das wäre wie in einem Harem.«

Jeanine, die uns den Rücken kehrte, hat nicht protestiert, und ich bin überzeugt, es würde auch ihr Spaß machen.

»Du wirst sehen, sie hat ein hübsches Hügelchen mit ganz blonden Haaren.«

Wird sie sich lange mit dem Haremsspiel begnügen?

Wenn sie erst wieder ausgeht, werde ich von neuem in Angst leben, nicht nur, weil sie Mazetti zufällig treffen, sondern weil sie mit einem anderen anbändeln könnte. Warum sollte sie nicht trotz ihres Versprechens zum Quai de Javel laufen?

Ich kann ihr ja schließlich keine Liebhaber in die Wohnung bringen. Aber sie braucht eines Tages nur einen Mann von einem bestimmten Typ durch die Straße gehen zu sehen, und gleich wird sie wieder ein Abenteuer erleben wollen.

Jeanine ist die einzige, die unsere Situation ganz natürlich findet. Ich weiß nicht, wo sie bisher in Stellung gewesen ist. Ich glaube, die Leiterin des Stellenvermittlungsbüros hat von einem Hotel in Vichy oder in einem anderen Badeort gesprochen.

Es klopft. Albert erscheint oben an der Tür, und ehe er den Mund öffnet, weiß ich schon Bescheid.

»Sagen Sie Madame, ich komme hinauf.«

Es ist Zeit, daß ich mich anziehe. Vorher muß ich noch Bordenave, die mit der Post noch nicht fertig ist, Anweisungen geben. Der kleine Duret sitzt rittlings auf einem Stuhl neben ihr und sieht ihr bei der Arbeit zu, obwohl er weiß, daß sie das nicht mag. Er tut es absichtlich, um sie zu ärgern.

Mich sieht er weder mitleidig noch ironisch an. Alles im Leben macht ihm noch Spaß. Es macht ihm Spaß, Bordenave fast bis zum Weinen zu bringen, und zweifellos macht ihm alles, was er über mein Abenteuer weiß, auch Spaß.

»Haben Sie den Brief an Palut-Rinfret geschrieben?«

»Hier ist er. In zehn Minuten können Sie die Post unterschreiben. Soll ich sie Ihnen hinaufbringen?«

»Bitte.«

Es bedarf so wenig, um sie glücklich zu machen. Ich brauchte ihr nur den hundertsten, den tausendsten Teil von dem zu geben, was ich Yvette gebe. Bordenave würde schon darüber selig sein und vor Dankbarkeit vergehen. Warum geht das nur über meine Kraft?

Einmal, während Yvette krank war, habe ich geglaubt, daß es Bordenave schlechtging, so sehr litt sie unter unserer Intimität. Yvette hat mich übrigens absichtlich ihr gegenüber immer Lucien genannt und mich um irgendwelche Kleinigkeiten gebeten, genauso wie sie auch ganz bewußt splitternackt aus dem Bett gestiegen und ins Badezimmer gegangen ist.

Ich werde meine Frau im Unterkleid vor ihrem Toilettentisch finden, denn sie wartet immer, bis ich fertig bin, ehe sie ihr Kleid anzieht.

»Wir haben nur noch eine Viertelstunde Zeit«, wird sie zu mir sagen.

»Das genügt.«

»Hast du gearbeitet?«

»Ja.«

Obwohl sie sich nicht eigentlich darum kümmert, was im Büro vorgeht, ahnt sie doch etwas von dieser Akte. Sie hat nämlich unlängst, als sie mir auf Wiedersehen sagte, gesehen, wie ich sie einschloß. Sie hat eine feine Witterung für alles, was mich betrifft, und das regt mich manchmal auf. Ich liebe es nicht, durchschaut zu werden, besonders, wenn es sich um kleine Schwächen handelt, die man sich sogar selber nicht gern eingesteht.

Ich muß hinaufgehen und kann mich doch nicht dazu entschließen. Ich habe das Gefühl, daß ich nach all meinen Bemühungen, der Wahrheit auf die Spur zu kommen, von ihr ebenso fern bin wie zuvor, ja noch ferner. Bei dem Gesandten werden viele Gäste sein, und ich werde rechts von seiner jungen Frau sitzen, die nur Augen für ihren Mann hat.

Entkräftet dieses Paar meine Theorien – wenn es Theorien sind –, oder muß man zehn oder zwanzig Jahre warten, um es zu wissen?

Viviane wird bereits ungeduldig sein, aber ich weiß, warum ich trödele, warum ich zögere. Ich wußte schon, daß es so kommen würde, als ich Yvette in die Wohnung am Quai d'Orléans ziehen ließ.

Es war die gefährlichste Etappe – wenn man weitergeht, ist nur noch ein Schritt möglich.

Diese Trägheit, hinaufzugehen und Viviane gegenüberzutreten, ist eigentlich so etwas wie ein Alarmzeichen.

Aber nun will ich endlich hinaufgehen. Ich mache Viviane schon Kummer genug, als daß ich sie durch mein Zuspätkommen noch reizen möchte.

Vorher muß ich nur noch meine Akte einschließen und den Schlüssel hinter den Gesammelten Werken Saint-Simons verstecken.

# 6

*Mittwoch, den 30. November*

Er ist gekommen, hat sich aber Tag und Stunde so ungünstig wie möglich gewählt.

Am Sonntagabend war Yvette zum ersten Mal, seit sie am Quai d'Orléans wohnt, ausgegangen. Ich hatte mich vorher vergewissert, daß niemand in der Nähe herumstrich. Sie hat mich untergefaßt, und die ganze Zeit, die wir gingen, hat sie an meinem Arm gehangen, wie ich es oft bei Liebespaaren voller Neid gesehen habe. Auf den Bänken des Platzes vor der Notre-Dame saßen trotz der Kälte einige solcher Paare, und ich habe dabei an die Clochards vom Pont-Marie denken müssen. Ich habe Yvette von ihnen erzählt.

»Sie waren eine Zeitlang verschwunden, aber heute morgen lagen sie beide wieder unter ihren Decken.«

Es hat sie überrascht, daß ein Mann wie ich sich für solche Leute interessiert. Ich habe das an dem Blick gemerkt, den sie mir zuwarf, als ob mich ihr das noch ein wenig näherbrächte.

»Beobachtest du sie durch ein Fernglas?«

»Auf den Gedanken bin ich nie gekommen.«

»Ich würde das tun.«

»Heute morgen hat sich die Frau als erste erhoben und

zwischen zwei Steinen Feuer gemacht. Als der Mann ebenfalls aus dem Haufen Lumpen aufgetaucht ist, sah ich, daß es nicht derselbe war wie sonst. Er hat rotes Haar und ist größer und jünger.«

»Vielleicht haben sie den anderen ins Gefängnis gesteckt.«

»Vielleicht.«

Wir haben in der ›Rôtisserie Périgourdine‹ zu Abend gegessen. Sie hat sich die kompliziertesten Gerichte ausgesucht, und dann sind wir in ein Kino am Boulevard Saint-Michel gegangen. Als sie von fern das Hotel sah, in dem ich sie nach dem Prozeß untergebracht hatte, schien sie melancholisch zu werden. Es wäre ihr heute schon sehr unangenehm, wieder im Elend oder auch nur im Mittelmaß leben zu müssen. Miss Wilsons Wohnung tut bereits ihre Wirkung. Selbst vor der Straße, in der ein kalter Wind wehte und die Menschen schnell gingen, graute ihr ein wenig.

Der Film war ziemlich traurig, und ein paarmal hat ihre Hand im Dunkeln die meine gesucht. Als wir aus dem Kino herauskamen, habe ich sie gefragt, wohin sie jetzt gehen wolle, und sie hat ohne Zögern geantwortet:

»Nach Hause.«

Das hat mich besonders gewundert, weil sie es früher immer hinausschob. Zum ersten Mal fühlt sie sich geborgen, hat das Gefühl, zu Hause zu sein. Ich habe sie schon früh verlassen, denn am Montagvormittag erwartete mich wie immer viel Arbeit.

Seit einem Monat stürmt oder regnet es, und nicht einmal einen halben Tag lang hat die Sonne geschienen. Die Leute sind erkältet und reizbar. Im Justizpalast mußten mehrere Prozesse vertagt werden, da viele der Beteiligten die Grippe hatten.

Am Abend waren meine Frau und ich bei Corinna eingeladen, wo man selten vor halb zehn zu Tisch geht und wo seit einigen Tagen eine gewisse Aufregung herrscht. Das Land ist augenblicklich ohne Regierung. Die verschiedenen für das Amt des Ministerpräsidenten in Frage kommenden Kandidaten sind nacheinander im Elysée empfangen worden, und alle möglichen Konstellationen stehen im Raum. Es heißt, daß am Ende Moriat die neue Regierung bilden wird und daß er sein Kabinett schon in der Tasche hat. Viviane zufolge will er eine Regierung aus Fachleuten zusammenstellen, die bisher keine politischen Ämter innehatten. Das empfiehlt sich offenbar immer dann, wenn die Öffentlichkeit jedes Vertrauen verloren hat.

»Wenn du nicht in zwei oder drei peinlichen Prozessen plädiert hättest, kämst nur du für ihn als Justizminister in Betracht«, hat meine Frau hinzugefügt.

Mir wäre dieser Gedanke nie gekommen. Aber sie hat daran gedacht. Merkwürdig ist, daß sie mir offenbar vorwirft, gewisse Verteidigungen übernommen zu haben. Sie hat wohl ganz vergessen, was in Sully geschah.

Ich habe den Justizpalast ziemlich früh verlassen, um zehn Minuten vor sechs, und mich zum Quai d'Orléans begeben, wo Yvette in einem neuen Negligé vor dem Kaminfeuer saß.

»Du bist ja ganz kalt«, hat sie gesagt, als ich sie geküßt habe, »wärm dich schnell auf.«

Ich habe zuerst geglaubt, das ungewohnte schelmische

Funkeln in ihren Augen käme von den Flammen des Kamins. Aber dann ahnte ich, daß sie eine Überraschung für mich bereithielt, denn sie mixte mit fiebriger Eile die Martinis, während ich mich aufwärmte.

»Erinnerst du dich noch daran, was ich dir neulich gesagt habe?«

Ich wußte noch nicht, worauf sie anspielte.

»Wir haben heute nachmittag darüber gesprochen. Es ist kein Scherz. Jeanine würde es gern tun. Sie hat mir gestanden, daß sie seit zwei Monaten keinen Freund hat, und jedesmal, wenn wir uns lieben, bleibt ihr nichts übrig, als sich in der Küche mit sich selbst zu vergnügen.«

Sie hatte ihr Glas ausgetrunken und blickte mich lauernd an. »Soll ich sie rufen?«

Ich habe nicht gewagt, nein zu sagen. Sie ist zur Tür gegangen.

»Jeanine! Komm!«

Dann zu mir:

»Darf ich ihr auch ein Glas geben? Ich habe drei gemixt.«

Sie war übererregt.

»Ich werde für die richtige Beleuchtung sorgen, während du sie ausziehst. Doch! Das mußt du tun, denn beim ersten Mal ist es einer Frau immer peinlich, sich auszuziehen. Nicht wahr, Jeanine?«

Viele meiner Freunde und meiner Klienten haben irgendwelche geheimen Lüste oder leiden an sexuellen Verirrungen, aber an mir habe ich derlei nie entdeckt. Fast widerwillig habe ich begonnen, das dicke blonde Mädchen auszuziehen. Sie lachte, weil ich sie angeblich kitzelte.

»Ich habe dir ja schon gesagt, daß sie gut gebaut ist. Stimmt's nicht? Ihre Brüste sind dreimal so schwer wie meine und ebenso straff. Faß sie an, dann werden die Spitzen steif.«

»Hast du es schon probiert?«

»Heute nachmittag.«

Das erklärte die Atmosphäre, die ich beim Betreten der Wohnung vorgefunden hatte.

»Zieh dich auch aus, und wir werden uns eine Weile zu dritt amüsieren.«

Sie hatten schon vorher darüber gesprochen, hatten ein ziemlich detailliertes Programm entworfen, und zu meiner Überraschung hat es sich abgespielt, ohne ordinär zu sein.

»Streichle zunächst einmal sie. Ich brauche nicht erst in Fahrt zu kommen.«

Später hat sie darauf bestanden, es statt meiner zu tun.

»Laß mich jetzt mal, ich werde es dir zeigen.«

Sie ist stolz darauf, daß sie einer Frau die gleiche Lust bereiten kann wie ich, stolz auch auf ihren Körper, nicht so sehr auf seine Schönheit, die nicht außergewöhnlich ist, sondern mehr auf die Art, mit der sie sich seiner bedient, auf ihre Fähigkeit, Lust zu erzeugen.

»Sieh zu, Jeanine! Nachher wirst du das gleiche versuchen.«

Bei ihr ist es ein kindlicher Exhibitionismus. Zwei Stunden lang hat sie es wie ein Jazzmusiker gemacht, der immer neue Variationen auf ein Thema findet und dessen Augen bei jeder neuen Entdeckung lächeln.

»Du hast mir nie gestanden, daß du Erfahrungen mit Frauen hast.«

»Ich habe mich mit Noémie amüsiert, als wir im gleichen Bett schliefen. Zuerst wollte sie nicht. Dann hat sie es sich angewöhnt, mich fast jede Nacht zu wecken, meine Hand zu nehmen und sie sich auf den Bauch zu legen.

›Ist es dir recht?‹ flüsterte sie, ohne ganz wach zu werden.

Noémie war ein dickes träges Ding. Ohne sich zu rühren, ließ sie alles mit sich machen und schlief dann sofort wieder ein.«

Im Laufe des Abends hat Yvette etwas gesagt, das mich bestürzte. Sie hatte uns allen schon zweimal nachgeschenkt.

»Komisch«, hat sie bemerkt, »daß ich das immer noch so liebe, nachdem ich es so oft habe machen müssen, um etwas zum Essen zu haben und nicht auf der Straße zu schlafen. Findest du nicht auch?«

Wir waren alle drei nackt, als das Telefon läutete, und obwohl ein Telefon immer den gleichen Klang hat, wußte ich sofort, daß es meine Frau war. Sie hat nur einen Satz gesagt:

»Es ist neun Uhr, Lucien.«

Wie ein ertappter Sünder habe ich geantwortet:

»Ich komme sofort.«

Als ich dann von der Rue Saint-Dominique zurückkam, wo wir Moriat doch nicht getroffen hatten, erfuhr ich, daß Yvette und Jeanine sich nach meinem Weggehen nicht wieder angezogen, weiter Martinis getrunken, sich Geschichten erzählt und sich hin und wieder sinnlich vergnügt hatten. Sie haben nicht richtig zu Abend gegessen, sondern nur etwas aus dem Kühlschrank geholt.

»Schade, daß du gehen mußtest. Du kannst dir nicht vorstellen, wie komisch Jeanine ist, wenn sie jede Hemmung verliert. Es ist dann, als wäre sie aus Gummi. Sie versteht sich auf genauso schwierige Stellungen wie Zirkusakrobaten.«

Heute morgen war ich wie ausgehöhlt. Ich möchte nicht behaupten, ich hätte ein schlechtes Gewissen gehabt oder mich geschämt, aber dieses Erlebnis hat einen seltsamen Nachgeschmack und eine gewisse Unruhe in mir hinterlassen.

Vielleicht kommt das daher, daß ich seit einiger Zeit die nächste Etappe vor mir sehe. Ich versuche, nicht daran zu denken, versuche mir einzureden, daß alles gut ist, wie es ist, und daß es keinen Grund gibt, etwas zu ändern.

Das gleiche habe ich gedacht, als ich für Yvette das Zimmer am Boulevard Saint-Michel mietete, und dann, als ich sie in der Rue de Ponthieu untergebracht habe. Seit ich sie kenne, lenkt mich eine dunkle Macht, die von meinem Willen ganz unabhängig ist.

Es wird mir immer peinlicher, mit Viviane allein zu sein, sie in die Stadt zu begleiten, vor der Welt als ihr Mann und Gefährte zu gelten, während Yvette sich im Warten verzehrt.

Tut sie es wirklich? Ich neige fast dazu, es zu glauben. Was mich angeht, so spüre ich, sobald ich nicht bei ihr bin, daß mir etwas fehlt, daß ich aus dem Gleichgewicht gerate und Angst bekomme.

Es wird der Augenblick kommen, da ich mich zu der einzig annehmbaren Lösung entschließe: daß sie mein Leben ganz teilt. Ich weiß sehr wohl, was das bedeutet, und bin mir über die unvermeidlichen Konsequenzen völlig im klaren. Noch erscheint es mir unmöglich, aber ich habe es so oft erlebt, daß Unmögliches mit der Zeit möglich wurde.

Vor einem Jahr, ja, noch vor drei Monaten, hätte ich die Wohnung am Quai d'Orléans für ein Ding der Unmöglichkeit gehalten.

Viviane, die es fühlt, bereitet sich auf den Kampf vor. Denn sie wird nicht verzichten, ohne sich mit Zähnen und Klauen zu verteidigen. Ich werde nicht nur sie, sondern einfach alle gegen mich haben – das Gericht, die Zeitungen, unsere Freunde, die mehr ihre Freunde als die meinen sind.

Es wird nicht schon morgen geschehen. Noch ist es ein Traum. Ich klammere mich an die Gegenwart, bemühe mich, sie angenehm zu finden. Dennoch bin ich nüchtern genug, um zu wissen, daß dies noch nicht das Ende ist.

Wegen dieser geistigen Verfassung macht mir unsere Partie zu dritt von vorgestern Sorgen. Wenn es das einmal gegeben hat, wird es auch ein nächstes Mal geben. Vielleicht ist das ein Mittel, damit Yvette sich nicht anderswo ihr Vergnügen sucht, aber es ist möglich, daß es nicht dabei bleibt und womöglich selbst am Quai d'Anjou stattfindet.

Heute morgen habe ich, nachdem ich kalt geduscht hatte, in meinem Arbeitszimmer schon um Viertel nach acht einige Telefongespräche geführt und die laufenden Arbeiten erledigt, bevor die Konferenz begann, die auf neun Uhr angesetzt war. Die drei Männer sind pünktlich erschienen, und wir haben uns gleich an die Arbeit gemacht, während Bordenave darüber wachte, daß uns niemand störte.

Es handelt sich um ein sehr großes Geschäft, um den Kauf einer Reihe großer Hotels durch Joseph Bocca und seine unvermeidlichen Hintermänner. Einer der Teilnehmer an der Konferenz war der Nachfolger Coutelles, der sich nach Fécamp in den Ruhestand zurückgezogen hat, ein noch ziemlich junger Mann, der Graf ist und viel im ›Fouquet‹ und im ›Maxim‹ verkehrt, wo ich ihn oft gesehen habe.

Die anderen sind einer meiner Kollegen, mit dem ich mich ausgezeichnet verstehe, der die Verkäufer vertritt, und ein dicker schüchterner Herr mit einer schweren Aktentasche, der sich dann aber als äußerst beschlagen im Handelsrecht entpuppt hat.

Das Geschäft ist völlig regulär. Es geht nur darum, die Modalitäten so zu regeln, daß dabei möglichst viel Steuern gespart werden.

Der dicke Herr hat Zigarren angeboten, und um zehn Uhr war mein Büro schon blau vor Rauch. Hin und wieder hörte ich im Büro nebenan das Telefon läuten und wußte, daß Bordenave sich melden würde. Ich war darum ohne jede Sorge. Seit langem ist sie angewiesen, mich jederzeit zu stören, sobald Yvette anruft, und das ist auch schon mehrmals geschehen. Ich kann mir gut denken, welche Überwindung es meine Sekretärin gekostet hat, diese Anweisung zu befolgen.

Kurz nach halb elf – unsere Konferenz dauerte noch an – klopfte es plötzlich leise an die Tür. Ohne abzuwarten, ist Bordenave hereingekommen, hat den Anmeldezettel eines Besuchers auf meinen Schreibtisch gelegt und auf meine Antwort gewartet. Auf dem Zettel stand nur ein Name: Mazetti.

»Ist er da?«

»Seit einer halben Stunde.«

Bordenave machte ein ernstes, besorgtes Gesicht, was mich vermuten ließ, daß sie wußte, worum es ging.

»Haben Sie ihm gesagt, daß ich in einer Konferenz bin?«

»Ja.«

»Haben Sie ihn nicht gebeten, ein andermal wiederzukommen?«

»Er hat gesagt, er wolle lieber warten. Eben hat er mich gebeten, Ihnen den Zettel zu bringen, und ich habe nicht gewagt, ihm zu widersprechen.«

Mein Kollege und die beiden anderen sprachen diskret halblaut miteinander, um den Anschein zu erwecken, als hörten sie nicht zu.

»Wie wirkt er?«

»Erregter als vorhin.«

»Sagen Sie ihm noch einmal, daß ich zu tun habe und ihn darum leider nicht gleich empfangen kann. Er soll warten oder noch einmal wiederkommen, ganz wie er will.«

Da erst habe ich verstanden, warum sie mich gestört hatte.

»Soll ich nicht etwas unternehmen?«

Ich vermute, sie dachte an die Polizei. Ich habe den Kopf geschüttelt, aber nicht so gleichgültig, wie ich es wollte. Vor vierzehn Tagen, als Mazetti unten auf und ab ging, hätte mich sein Besuch weniger beunruhigt, denn da wäre er eine natürliche Reaktion gewesen. Es ist mir nicht lieb, daß er jetzt so plötzlich wiederauftaucht, nachdem er zwei Wochen lang kein Lebenszeichen von sich gegeben hat.

Das entspricht nicht dem, was ich vorausgesehen habe. Etwas stimmt da nicht.

»Verzeihen Sie bitte die Unterbrechung, Messieurs. Wo waren wir?«

»Wenn es sich um etwas Wichtiges handelt, könnten wir vielleicht morgen wiederkommen?«

»Um Gottes willen, nein.«

Ich war genug Herr meiner selbst, um die Diskussion noch eine Stunde fortsetzen zu können, und ich glaube nicht, daß ich auch nur einmal unaufmerksam gewesen bin. Im Justizpalast behauptet man, ich könne ein schwieriges Plädoyer niederschreiben und nebenher meine Post diktieren und obendrein mehrmals telefonieren. Das ist zwar übertrieben, aber es stimmt, daß ich gleichzeitig über zweierlei nachdenken kann, ohne dabei den Faden zu verlieren.

Um Viertel nach elf haben sich meine Besucher erhoben. Der kleine Dicke hat seine Dokumente in seiner Aktentasche verstaut, uns allen wie zur Belohnung noch einmal Zigarren angeboten, und wir haben uns an der Tür die Hände gedrückt.

Noch ehe ich mich wieder an meinen Schreibtisch gesetzt hatte, kam Bordenave herein.

»Empfangen Sie ihn jetzt?«

»Ist er immer noch nervös?«

»Ich weiß nicht, ob man das nervös nennen kann. Was mir nicht gefällt, ist sein starrer Blick. Er spricht im Wartezimmer laut vor sich hin. Glauben Sie, daß es richtig ist...«

»Sobald ich läute, führen Sie ihn herein.«

Ohne eigentlichen Grund bin ich ein paarmal im Zimmer auf- und abgegangen, so wie sich Läufer die Muskeln geschmeidig machen, ehe sie starten. Ich habe einen Blick auf die Seine geworfen, habe mich gesetzt und die Schublade herausgezogen, in der mein Revolver liegt. Ich habe ein Blatt Papier daraufgelegt, damit die Waffe auch bei geöffneter Schublade nicht gleich wie eine Provokation wirkt. Ich weiß, daß sie geladen ist. Ich treibe aber die Vorsicht nicht so weit, sie zu entsichern.

Ich drücke auf den Klingelknopf und warte. Bordenave holt jetzt meinen Besucher gewiß aus dem kleinen Wartezimmer, wo Yvette vor mehr als einem Jahr auch so lange auf mich hat warten müssen. Ich höre die sich nähernden Schritte der beiden, und schon öffnet sich die Tür.

Mazetti betritt das Zimmer. Er kommt mir kleiner vor, als ich ihn in Erinnerung habe, und linkischer. Er wirkt mehr wie ein Arbeiter als wie ein Student.

»Sie möchten mich sprechen?«

Ich deute auf den Sessel auf der anderen Seite meines Schreibtischs, aber er bleibt stehen, bis meine Sekretärin die Tür geschlossen hat und wieder in ihrem Büro verschwunden ist.

Er hat meine drei Besucher hinausgehen sehen. Der Raum ist noch voller Zigarrenqualm, und im Aschenbecher liegen Stummel. Er hat das alles registriert. Er weiß also, daß Bordenave ihn nicht belogen hat.

Er ist frisch rasiert und sauber gekleidet. Er trägt keinen Mantel, sondern eine Lederjacke, da er meistens Motorrad fährt. Ich finde, daß er magerer geworden ist. Seine Augen liegen tief in den Höhlen. Ich habe geglaubt, er wäre ein schöner Mann, aber er ist es nicht. Seine Augen stehen zu dicht beieinander, und seine Nase, die er sich wohl einmal gebrochen hat, ist schief. Er wirkt auf mich ziemlich harmlos. Ich habe fast Mitleid mit ihm, und einen Augenblick habe ich das Gefühl, er sei nur hergekommen, um sich auszusprechen.

»Setzen Sie sich, bitte.«

Er lehnt es ab. Er möchte sich nicht setzen. Mit hängenden Armen steht er zögernd da und öffnet zwei- oder dreimal den Mund, bevor er sagt:

»Ich muß wissen, wo sie ist.«

Seine Stimme ist rauh. Er hat nicht die Zeit gehabt, sich mit der ein wenig feierlichen Atmosphäre meines Arbeitszimmers vertraut zu machen. Schon andere als ihn hat sie eingeschüchtert.

Ich war nicht auf diese einfachen, klaren Worte gefaßt und suchte einen Augenblick nach einer Antwort.

»Erlauben Sie mir zunächst eine Bemerkung: Sie haben keinerlei Beweis, daß ich weiß, wo sie sich befindet.«

Wir haben beide ›sie‹ gesagt, als ob ein Name gar nicht erwähnt zu werden brauchte.

Sein Mund hat sich zu einem bitteren Lächeln verzerrt. Ohne ihm die Zeit zu lassen, etwas darauf zu erwidern, fahre ich fort: »Nehmen wir an, ich wüßte es und sie wünscht nicht, daß ihre Adresse bekannt wird, so habe ich kein Recht, sie Ihnen mitzuteilen.«

Er blickt auf die halbgeöffnete Schublade und sagt:

»Ich muß sie sehen.«

Es gefällt mir nicht, daß er steht, während ich sitze, aber ich wage nicht, mich zu erheben, denn ich will in Reichweite des Revolvers bleiben. Die Situation ist lächerlich, und um nichts in der Welt würde ich unser Gespräch von einem Tonbandgerät oder einer Filmkamera aufgenommen wissen wollen.

Wie alt ist er? Zweiundzwanzig? Dreiundzwanzig? Bisher habe ich ihn als einen Mann vor Augen gehabt: Er war der Mann, der Yvette verfolgte – aber nun kommt er mir wie ein Junge vor.

»Hören Sie, Mazetti …«

Auch meine Stimme ist nicht wie sonst. Ich suche den richtigen Ton, ohne ihn zu finden, und bin nicht stolz auf das Ergebnis.

»Die Betreffende, von der Sie sprechen, hat eine Entscheidung getroffen und sie Ihnen ehrlich mitgeteilt.«

»Sie haben ihr den Brief diktiert.«

Ich kann es nicht verhindern, daß ich rot werde.

»Nun, selbst wenn ich ihn diktiert hätte, sie hat ihn geschrieben und wußte, was sie tat. Sie hat also in voller Kenntnis der Dinge über ihre Zukunft entschieden.«

Er hebt die Augen, um mir einen zugleich traurigen und harten Blick zuzuwerfen. Ich beginne zu verstehen, was Bordenave hat sagen wollen.

Vielleicht liegt es an den dichten, zusammengewachsenen Brauen, daß sein Gesicht einen tückischen Ausdruck bekommt, daß man eine verhaltene Wut spürt, die sich jeden Augenblick entladen kann.

Warum entlädt sie sich nicht? Was hält ihn zurück, mich anzuschreien und mit Beleidigungen zu überschütten? Ist es nicht vor allem die Tatsache, daß ich ein bedeutender, berühmter Mann bin und daß ich ihn in einem Rahmen empfange, dessen Pracht großen Eindruck auf ihn macht?

Er ist der Sohn eines Maurers und einer Abwaschfrau, mit seinen Brüdern und Schwestern in einem Armenviertel aufgewachsen, in dem Chefs als unnahbare Wesen galten. Für ihn sind die Menschen von einer gewissen sozialen Schicht an aus anderem Stoff gemacht als er. In meinen Anfängen am Boulevard Malesherbes hatte ich fast das gleiche Gefühl, obwohl ich nicht aus so bescheidenen Verhältnissen stamme.

»Ich will sie sehen«, wiederholt er. »Ich habe ihr einiges zu sagen.«

»Zu meinem Bedauern kann ich Ihnen da nicht helfen.«

»Sie weigern sich, mir ihre Adresse zu geben?«

»Es tut mir unendlich leid.«

»Ist sie noch in Paris?«

Er hat versucht, mich zu überrumpeln, wie Yvette es getan hätte. Ich blicke ihn stumm an, und mit gesenktem Kopf, ohne mich anzusehen, fährt er mit leiser Stimme fort:

»Sie haben nicht das Recht, so zu handeln. Sie wissen, daß ich sie liebe.«

»Sie liebt Sie nicht«, antworte ich, obwohl ich das vielleicht nicht sagen sollte.

Bin ich im Begriff, mit einem jungen Mann über die Liebe zu diskutieren? Will ich ihm beweisen, daß Yvette mir gehört? Will ich mit ihm darum streiten, wer von uns beiden einen Anspruch auf sie hat?

»Geben Sie mir ihre Adresse«, sagt er trotzig.

Und als er die Hand an die Tasche führt, greife ich unwillkürlich in die Schublade. Er versteht sofort, was das bedeutet. Er wollte nur sein Taschentuch herausziehen, denn er ist erkältet.

»Keine Angst«, murmelt er. »Ich bin nicht bewaffnet.«

»Ich habe keine Angst.«

»Dann sagen Sie mir, wo sie ist.«

Was für Gedanken mag er in den vierzehn Tagen ausgebrütet haben, in denen er nichts von sich hat hören lassen? Ich weiß es nicht. Eine Mauer erhebt sich zwischen ihm und mir. Ich war auf einen Gewaltakt gefaßt, und statt dessen ist er beunruhigend gedämpft. Einen Augenblick habe ich sogar gedacht, er sei hergekommen, um sich vor meinen Augen umzubringen.

»Sagen Sie es mir. Ich verspreche Ihnen, daß sie selber entscheiden soll.«

Um es mir schmackhafter zu machen, fügt er hinzu:

»Was haben Sie zu befürchten?«

»Sie will Sie nicht wiedersehen.«

»Warum nicht?«

Was soll ich auf diese Frage antworten?

»Es tut mir leid, Mazetti. Drängen Sie mich bitte nicht weiter. Ich bleibe bei meinem Entschluß. Sie werden sie bald vergessen haben, glauben Sie mir, und dann ...«

Ich habe noch rechtzeitig innegehalten. Ich konnte ja nicht soweit gehen, ihm zu sagen: ›... und dann werden Sie mir dankbar sein.‹

Das Blut ist mir plötzlich in die Wangen geschossen, denn wie in einem beschlagenen Spiegel habe ich plötzlich unsere drei nackten Körper vor mir gesehen.

»Ich bitte Sie noch einmal ...«

»Es bleibt bei dem Nein.«

»Sind Sie sich dessen bewußt, was Sie tun?«

»Ich bin seit langem gewöhnt, für mein Tun die Verantwortung zu übernehmen.«

Mir war, als sagte ich den schlechten Text eines noch schlechteren Stückes auf.

»Sie werden es eines Tages bereuen.«

»Das ist allein meine Sache.«

»Sie sind grausam. Sie sind dabei, eine Untat zu begehen.«

Warum sagte er Worte, die ich nicht erwartet hatte und die gar nicht zu seinem ungehobelten Auftreten paßten? Es hätte nur noch gefehlt, daß er zu weinen begann. Vielleicht war er den Tränen schon nahe, denn ich sah seinen Mund zittern. Oder war es unterdrückter Zorn?

»Und eine Untat zu begehen ist schändlich, Monsieur Gobillot.«

Ich zuckte zusammen, als er meinen Namen aussprach, und das ›Monsieur‹ gab unserer Unterhaltung plötzlich etwas seltsam Offizielles.

»Um es noch einmal zu sagen, ich muß Sie leider enttäuschen.«

»Wie geht es ihr?«

»Gut.«

»Hat sie nicht von mir gesprochen?«

»Nein.«

»Sie ...«

Er sah, daß ich erregt auf den Klingelknopf drückte.

»Sie werden das noch bereuen.«

Bordenave, die hinter der Tür auf der Lauer gelegen hatte, kam herein.

»Geleiten Sie Monsieur Mazetti hinaus.«

Da hat er uns, mitten im Zimmer stehend, nacheinander lange und düster angeblickt. Er hat den Mund geöffnet, aber nichts gesagt, sondern nur den Kopf gesenkt und ist zur Tür gegangen. Eine Weile habe ich reglos am Schreibtisch gesessen. Erst als ich den Motor seines Motorrades anspringen hörte, bin ich zum Fenster gestürzt und habe gesehen, wie er in seiner Lederjacke, mit im Novemberwind wehenden Haaren, in die Rue des Deux-Ponts einbog.

Hätte ich Cognac in meinem Arbeitszimmer gehabt, ich hätte ein Glas getrunken, um den schlechten Geschmack loszuwerden, den ich im Mund hatte und der mir wie der schlechte Geschmack des Lebens vorkam.

Er hat mich mehr verwirrt als beunruhigt. Ich fühle, ich werde mir neue Fragen stellen, die sich nicht leicht beantworten lassen werden.

Ich bin unterbrochen worden. Ein Gegenanwalt rief mich an und fragte mich, ob ich mit einer Vertagung einverstanden wäre. Ich habe sofort ja gesagt, was ihn überraschte. Darauf habe ich Bordenave gerufen und, ohne den Besuch mit einem Wort zu erwähnen, ihr eineinhalb Stunden diktiert und bin dann hinaufgegangen, um zu essen.

Eine alte Frage quält mich, die mich schon oft gequält hat und die ich schließlich immer wieder abtue oder höchstens mit einer halb befriedigenden Antwort beilege. Seit meiner Jugend, seit meiner Kindheit in der Rue Visconti, glaube ich nicht mehr an die übliche Moral, die einem in der Schule beigebracht wird und die einem später in offiziellen Reden und gutgesinnten Zeitungsartikeln wiederbegegnet.

Zwanzig Berufsjahre und der Umgang mit dem, was man die Pariser Gesellschaft nennt, auch die Corinnas und die Moriats, haben an meiner Meinung nichts ändern können.

Als ich Viviane Andrieu wegnahm, habe ich mich weder als einen unanständigen Menschen betrachtet noch schuldig gefühlt. Ebensowenig habe ich das geringste Schuldgefühl gespürt, als ich Yvette in dem Zimmer am Boulevard Saint-Michel unterbrachte.

Auch gestern war ich mir keiner Schuld bewußt, als Jeanine sich an unseren Liebesspielen beteiligt hat und Yvette sich damit amüsierte, uns in dem großen Spiegel zuzusehen. Dagegen war mir an jenem Abend in Sully am Ufer des Kanals, als ich auf Joseph Boccas Vorschlag einging, nicht wohl zumute, weil das eine Frage des Prinzips war und nicht der Vorstellung entsprach, die ich von meinem Beruf hatte.

So ist es mir danach noch oft ergangen, vor allem im Beruf, und manchmal ertappe ich mich dabei, daß ich manche meiner Kollegen um ihren guten Ruf oder biedere Frauen, die aus der Messe kommen, um ihre Heiterkeit beneide.

Ich bereue nichts. Ich glaube an nichts. Ich habe nie Gewissensbisse verspürt, aber was mich hin und wieder verwirrt, ist die Sehnsucht nach einem anderen Leben, nach einem Leben, das genau dem gleichen würde, wie es einem in Preisverleihungsreden und Bilderbüchern dargestellt wird.

Habe ich mich von Anfang an über mich selbst getäuscht? Hat mein Vater diese Ängste gekannt, und hat er es bedauert, nicht ein Ehemann und Vater zu sein wie die anderen?

Wie welche anderen? Meine Erfahrung lehrt mich, daß es ›die anderen‹ gar nicht gibt, daß man nur die Oberfläche anzukratzen und den Dingen auf den Grund zu gehen braucht, um die gleichen Männer, die gleichen Frauen, die gleichen Versuchungen und die gleichen Schwächen zu entdecken. Nur die Fassade ist anders. Nur darin besteht der Unterschied, daß man offener oder diskreter ist oder daß der eine diese, der andere jene Illusion hat.

Wie kommt es dann, daß ich mich zeitweise unbehaglich fühle, als ob es möglich wäre, mich anders zu verhalten? Kennt ein Mensch wie Viviane solche Anfechtungen?

Als ich hinaufkomme, sitzt sie aufrecht und hübsch anzusehen in einem dunklen Wollkleid da, dessen Strenge nur durch eine Brillantnadel gemildert wird.

»Hast du vergessen, daß heute die Versteigerung Sauget im ›Hôtel Drouot‹ ist?«

Seit ich die Wohnung am Quai d'Orléans gekauft habe, gibt Viviane das Geld mit vollen Händen aus, für persönliche Dinge vor allem, besonders für Schmuck, als wollte sie sich rächen oder schadlos halten. Bei der Versteigerung Sauget kommt nur Schmuck unter den Hammer.

»Bist du müde?«

»Nicht besonders.«

»Plädierst du heute?«

»In zwei ziemlich belanglosen Prozessen. Für den dritten, schwierigeren, hat der Gegenanwalt Vertagung beantragt.«

Wenn sie es sich nur abgewöhnen könnte, mich prüfend

zu beobachten, als ob sie in meinem Gesicht meine Geheimnisse lesen oder mich bei einer Schwäche ertappen wollte. Das ist bei ihr zur Manie geworden. Vielleicht hat sie sie immer gehabt, und ich habe sie früher nur nicht bemerkt.

Stumm und geschäftig serviert Albert bei Tisch.

»Hast du die neueste Meldung über Moriat gelesen?«

»Ich habe heute noch keinen Blick in die Zeitung geworfen.«

»Er ist dabei, sein Kabinett zu bilden.«

»Bleibt es bei der Liste, die uns Corinna gestern vorgelesen hat?«

»Mit ein paar kleinen Änderungen. Einer deiner Kollegen wird in dem neuen Kabinett das Justizministerium übernehmen.«

»Wer?«

»Rate mal.«

Ich habe nicht die geringste Ahnung, und es interessiert mich auch nicht.

»Riboulet.«

Er ist ein anständiger, ehrgeiziger Mann, ich meine, ein Mann, der seinen Ruf, anständig zu sein, dazu benutzt, weiterzukommen. Der sich für die Anständigkeit entschieden hat, weil das manchmal der leichteste Weg ist. Er hat fünf Kinder, die er nach strengen Grundsätzen erzieht. Er soll dem Dritten Orden der Oblaten angehören. Das würde mich nicht überraschen, denn er vertritt die Kirche fast in allen von ihr geführten Prozessen, und an ihn wenden sich reiche Leute, wenn sie ihre Ehe in Rom für nichtig erklären lassen wollen.

»Hast du Pémal gesehen?«

»Heute morgen nicht. Ich hatte eine Konferenz.«

»Bekommst du immer noch die Spritzen?«

Sie will mich nur zu dem Geständnis bringen, daß er sie mir jetzt am Quai d'Orléans gibt. Es wird immer schwieriger. Wir sind zwar noch nicht verfeindet, aber wir haben uns nichts mehr zu sagen, und die Mahlzeiten werden immer mehr zu einer Qual.

Sie denkt einzig darüber nach, wie sie mich zurückgewinnen kann, sie hofft, daß ich mit Yvette breche, weil ich ihrer überdrüssig werde oder aus einem anderen Grunde, während ich nur den einen Gedanken habe, Yvette ihren Platz einnehmen zu sehen.

Wie sollen wir uns unter diesen Umständen in die Augen sehen? Ich bin zum Beispiel sicher – der Gedanke ist mir plötzlich bei Tisch gekommen –, daß sie, wenn sie von Mazettis heutigem Besuch wüßte und ihr seine Adresse bekannt wäre, nicht zögern würde, ihm auf irgendeine Weise mitzuteilen, wo Yvette wohnt.

Je mehr ich darüber nachdenke, desto mehr erschreckt mich das. Ich frage mich, ob ich nicht an Mazettis Stelle Viviane anrufen würde, um ihr jene Frage zu stellen, die er mir heute morgen immer wieder gestellt hat. Von ihr würde er alles erfahren, was er will.

Es ist Zeit, daß ich mein inneres Gleichgewicht wiederfinde. Die Hauptursache meiner Beklemmungen ist meine Erschöpfung, und das bringt mich auf einen Gedanken, der alle anderen verscheucht. Da man mir unablässig vorbetet, daß ich einmal ausspannen müßte, könnte ich die Weihnachtsferien dazu benutzen und mit Yvette irgendwohin fahren, in die Berge oder an die Côte d'Azur. Das wäre unsere erste gemeinsame Reise, und zum ersten Mal würde sie etwas anderes kennenlernen als Paris und Lyon.

Wie wird Viviane das aufnehmen? Ich sehe einige Schwierigkeiten voraus. Sie wird sich zur Wehr setzen, wird sagen, daß mir das beruflich schaden würde. Aber ich bin Feuer und Flamme für diesen Plan. Ich sprach von einer neuen Etappe. Ich versuchte zu erraten, was das sein würde. Nun, jetzt weiß ich's: eine Reise zu zweit, wie ein richtiges Ehepaar!

Schon dieses Wort ›Ehepaar‹ allein erscheint mir wunderbar. Wir sind bis jetzt kein Ehepaar gewesen, Yvette und ich, und nun werden wir es wenigstens für einige Tage sein, und im Hotel wird man sie mit ›Madame‹ anreden.

Wie hat sich in wenigen Minuten meine Stimmung so heben können?

»Was hast du?«

»Ich?«

»Ja, du hast eben an etwas gedacht.«

»Du hast von meiner Gesundheit gesprochen.«

»Nun und?«

»Nichts. Mir ist der Gedanke gekommen, daß bald Weihnachten ist und daß ich dann vielleicht einmal ausspannen könnte.«

»Endlich!«

Sie ahnt die Wahrheit nicht, sonst hätte sie nicht erleichtert geseufzt:

»Endlich!«

Auf dem Weg zum Justizpalast werde ich bei Yvette vorbeigehen, um ihr die große Neuigkeit zu verkünden. Wie sich mein Plan verwirklichen lassen wird, weiß ich noch nicht, aber ich weiß, er wird Wirklichkeit werden.

»Wohin gedenkst du zu fahren?«

»Ich habe noch keine Ahnung.«

»Nach Sully?«

»Nein, dahin bestimmt nicht.«

Ich weiß nicht, wie wir darauf gekommen sind, uns ein Landhaus in der Nähe von Sully zu kaufen. Schon im ersten Jahr fand ich den Wald von Orléans trist und bedrükkend. Es graut mir vor Leuten, die nur von Wildschweinen, Gewehren und Hunden reden.

»Schon vor langer Zeit hat dich Bocca in sein Haus in Menton eingeladen. Du kannst dort deinen Urlaub verbringen, selbst wenn er nicht da ist. Es soll einfach herrlich sein.«

»Ich werde sehen.«

Sie beginnt sich zu beunruhigen, denn ich habe ›ich‹ gesagt, und ich frage sie nicht nach ihrer Meinung. Bin ich grausam? Ich grolle mir selber deswegen, und dennoch kann ich mich nicht beherrschen. Ich bin heiter. Es gibt keine Probleme mehr für mich. Yvette und ich fahren in Urlaub und spielen Mann und Frau. Das Wort wird sie gerne hören. Ich habe noch gar nicht daran gedacht. Wenn wir in Paris ausgehen, nennt man sie immer ›Mademoiselle‹. In einem Berghotel oder an der Riviera wird das anders sein.

»Hast du's eilig?«

»Ja.«

Schade, daß wir noch drei Wochen warten müssen. Mir kommt es wie eine Ewigkeit vor, und wie ich mich kenne, werde ich die ganze Zeit fürchten, daß etwas dazwischenkommt. Am besten würden wir gleich heute fahren. Ich müßte dann nicht mehr an Mazettis Besuch noch an dieses quälende Zusammensein mit Viviane denken. Es fehlt nicht viel, und ich lasse meine Arbeit im Stich und verreise, ohne Viviane ein Wort davon zu sagen.

Ich male mir aus, was sie für ein Gesicht macht, wenn sie ein Telegramm oder einen Anruf aus Chamonix oder Cannes erhält!

»War heute morgen nichts Besonderes?« fragt sie mich wie beiläufig.

Aha! Sie hat es wieder einmal erraten, und das ärgert mich.

»Was soll Besonderes gewesen sein?«

»Ich weiß es nicht, aber du bist nicht wie sonst.«

»Wie bin ich denn?«

»Als ob du um keinen Preis an etwas Ärgerliches denken wolltest.«

Ich bin nahe daran aufzubrausen, denn ihre Bemerkung hat mich getroffen. Vielleicht würde mich ein Wutausbruch erleichtern, und sei es nur, um Mazetti zu vergessen. Aber ich kann mich gerade noch beherrschen, weil ich weiß: Wenn ich einmal zu toben beginne, werde ich mir schwer Einhalt gebieten können.

Wie weit würde ich gehen? Ich habe zuviel auf dem Herzen, und ich bin heute auf den Bruch nicht vorbereitet. Es liegt mir daran, eine Szene zu vermeiden. Außerdem erwartet man mich im Justizpalast in zwei verschiedenen Kammern.

»Du bist sehr scharfsinnig, nicht wahr?«

»Allmählich kenne ich dich.«

»Wirklich?«

Sie lächelt hintergründig, wie jemand, der nie an sich gezweifelt hat.

»Viel besser, als du glaubst«, sagt sie.

Ich erhebe mich vom Tisch, obwohl sie mit ihrem Dessert noch nicht fertig ist.

»Entschuldige mich.«

»Bitte.«

An der Tür zögere ich. Es wird mir schwer, sie so zu verlassen.

»Bis nachher.«

»Wir sehen uns doch wohl bei Gaby zum Cocktail?«

»Ich hoffe, ich kann kommen.«

»Du hast es ihrem Mann versprochen.«

»Ich werde mein möglichstes tun.«

Als ich aus dem Haus gehen will, kommt mir der Gedanke, daß ich mich erst vergewissern muß, ob Mazetti nicht in der Nähe ist. Ich sehe ihn nirgends. Das Leben ist schön. Ich gehe am Quai entlang. Etwas wie weißer Staub wirbelt durch die Luft. Man kann es noch nicht als Schnee bezeichnen. Das Clochard-Paar unter der Brücke ist damit beschäftigt, alte Papiere auszusortieren.

Die Treppe ist mir vertraut. Es ist die gleiche oder fast die gleiche wie am Quai d'Anjou, mit einem schmiedeeisernen Geländer, das sich immer kalt anfühlt, und Steinstufen bis zur ersten Etage.

Die Wohnung befindet sich im dritten Stock. Ich habe einen Schlüssel. Es macht mir Freude, ihn zu benutzen, aber dennoch überfällt mich jedesmal eine Unruhe, denn ich frage mich, was mich erwartet.

In der Diele schon rufe ich mit triumphierender Stimme: »Rate, wohin wir beide Weihnachten fahren.«

Aber statt Yvette erscheint Jeanine in schwarzem Kleid und in weißer Schürze, mit einem bestickten Häubchen auf dem Kopf, ganz wie ein Kammerkätzchen auf der Bühne. Sie legt einen Finger auf die Lippen: »Pst.«

Obwohl sie lächelt, blicke ich sie betroffen an.

»Was ist?«

»Nichts«, flüstert sie. »Sie schläft fest.«

Wie eine Mitverschworene nimmt sie mich an der Hand, führt mich zur Tür des Schlafzimmers, die sie einen Spaltbreit öffnet, und im Halbdunkel sehe ich Yvettes Haar auf dem Kopfkissen ausgebreitet, ihren Körper, dessen Formen sich unter der Decke abzeichnen, und einen nackten Fuß, der aus dem Bett herausragt. Jeanine deckt ihn sacht wieder zu, kommt dann zu mir zurück und schließt die Tür.

»Soll ich ihr etwas bestellen?«

»Nein. Ich komme heute abend noch einmal vorbei.«

Ihre Augen funkeln. Gewiß denkt sie an das, was gestern vorgefallen ist, und das belustigt sie. Sie kommt näher an mich heran als sonst und berührt mich mit ihren Brüsten.

Als ich schon an der Wohnungstür bin, frage ich noch:

»War jemand hier?«

»Nein. Wer sollte hier gewesen sein?«

Sie ist bestimmt im Bilde. Yvette hat ihr sicherlich ihr ganzes Leben erzählt, und es war verkehrt von mir, ihr diese Frage zu stellen.

»Haben Sie sich ausruhen können?« fragt sie.

»Ja, ein wenig, danke.«

Ich habe gerade noch Zeit gehabt, in die Garderobe zu stürzen und meine Robe überzustreifen. Richter Vigneron, mit dem nicht gut Kirschen essen ist und der mich nicht mag – er hat den Tick, sich fortwährend über den Bart zu streichen –, spähte schon nach mir aus, als ich im Sturmschritt den Gerichtssaal betrat.

»Guillaume Dandé gegen Alexandrine Bretonneau«, leiert der Gerichtsdiener. »Guillaume Dandé? Erheben Sie sich beim Aufruf Ihres Namens, und sagen Sie: Hier.«

»Hier.«

»Alexandrine Bretonneau?«

Ungeduldig wiederholt er:

»Alexandrine Bretonneau!«

Der vorsitzende Richter mustert die Reihen der Gesichter, als ob er sie in der anonymen Menge entdecken könnte. Endlich erscheint die dicke Frau ganz außer Atem, nachdem sie eine Stunde lang in einer anderen Kammer, in die man sie irrtümlich verwiesen hatte, gewartet hat.

Aus dem Hintergrund des Saals ruft sie:

»Hier bin ich, Herr Richter. Entschuldigen Sie bitte.«

Es riecht nach Amtsgebäude und ungewaschenen Menschen. Das ist sozusagen ein heimatlicher Geruch für mich. Bin ich nicht hier zu Hause?

## 7

In der letzten Zeit war mein Leben mit so vielem angefüllt, daß ich gar nicht dazugekommen bin, die Akte aus dem Schrank zu nehmen. Aber in den Wochen vorher war es eigentlich auch nicht anders. Lag es nur an meiner Müdigkeit? Oder spürte ich nicht mehr das Bedürfnis, mich meiner selbst zu versichern?

Immerhin habe ich hin und wieder zur Gedächtnisstütze ein paar Worte auf meinen Notizblock gekritzelt, die ich mir jetzt wieder vornehme, um sie zu erklären.

*Donnerstag, den 1. Dezember*

*Skihose. Pémal.*

Am Dienstagabend, zwei Tage bevor ich dies notiert habe, erzählte ich Yvette von meinen Reiseplänen. Sie hat ganz anders darauf reagiert, als ich es erwartet hatte. Sie hat mich mißtrauisch angesehen und gesagt: »Willst du mich irgendwohin schicken, um mich loszuwerden?«

Ich weiß nicht mehr genau, wie ich es ausgedrückt hatte. Wohl etwa so:

»Bereite dich darauf vor, daß du Weihnachten in den Bergen oder an der Côte d'Azur verbringen wirst.«

Es ist ihr gar nicht der Gedanke gekommen, daß ich sie auf dieser Reise begleiten könnte. Ich habe sie beruhigt, aber sie wollte es doch eine Weile nicht glauben. Es schien ihr zu schön, um wahr zu sein.

»Wird deine Frau dich denn reisen lassen?«

Um ihr das Herz nicht schwerzumachen, habe ich gelogen.

»Ich habe es ihr schon gesagt.«

»Was hat sie darauf geantwortet?«

»Nichts.«

Da erst hat sie, weil sie ein Publikum brauchte, Jeanine gerufen.

»Weißt du, was er mir gerade verkündet hat? Wir werden Weihnachten in den Schnee fahren.«

Ich habe die Brauen gerunzelt, denn ich habe nicht die Absicht, Jeanine mitzunehmen. Aber glücklicherweise hatte Yvette das ›Wir‹ auch nicht so gemeint.

»Oder an die Côte d'Azur«, habe ich hinzugefügt.

»Wenn ich die Wahl habe, wären mir die Berge lieber. An der Côte sollen im Winter nur alte Leute sein. Und was soll man dort tun, wenn man nicht baden oder sich von der Sonne bräunen lassen kann? Ich habe immer vom Skifahren geträumt. Kannst du überhaupt Ski fahren?«

»Ein bißchen.«

Vor langer Zeit habe ich ein paar Stunden genommen. Als ich sie am nächsten Tag besuchte, hatte sie, sowohl um sie mir vorzuführen als zu ihrem eigenen Vergnügen, eine straff sitzende Skihose aus schwarzem Gabardine an, unter der sich ihr kleiner runder Hintern abzeichnete.

»Gefällt sie dir?«

Pémal, der kam, um uns unsere Spritzen zu geben, fand sie noch so vor. Wie ein Mann ließ sie die Hose vor ihm herunter. In der Diele musterte er einen Augenblick die Ski, die sie sich ebenfalls gekauft hatte, und warf mir einen fragenden Blick zu.

»Ja, ich habe mich endgültig entschieden, Urlaub zu nehmen«, habe ich gesagt.

Ich habe ihn bis zum Treppenabsatz geleitet und ihm zugeflüstert:

»Sagen Sie aber am Quai d'Anjou nichts davon.«

Yvette hat sich auch einen Norwegerpullover mit Rentiermuster gekauft. Ich muß unbedingt Hotelzimmer bestellen, denn zu Weihnachten ist in den Bergen alles belegt, wie ich aus Erfahrung weiß.

*Samstag, den 3. Dezember*

*Diner beim neuen Ministerpräsidenten. Viviane – Madame Moriat.*

Jean Moriat, der nun wirklich Ministerpräsident geworden ist, ist mit seiner Ehefrau ins ›Hôtel Matignon‹ gezogen, schläft aber weiterhin fast jede Nacht in der Rue Saint-Dominique. An diesem Samstag gab er ein halboffizielles Diner, zu dem er außer seinen nächsten Mitarbeitern einige Freunde, darunter auch uns und natürlich Corinna, eingeladen hatte. Madame Moriat, die bisher sehr zurückgezogen lebte, machte die Honneurs und benahm sich dabei so unbeholfen, zeigte so deutlich die Angst, einen Fehler zu machen, daß man ihr am liebsten hilfreich beigesprungen wäre.

Ich glaube nicht, daß sie unter der Liaison ihres Mannes leidet. Sie verübelt es ihm nicht, und wenn sie einem von ihnen beiden die Schuld geben müßte, dann nähme sie sie auf sich. Während des ganzen Abends schien sie sich für ihr Vorhandensein zu entschuldigen. Sie fühlte sich in ihrem großen Abendkleid, das ihr nicht stand, sichtlich unbehaglich, und ein paarmal habe ich beobachtet, wie sie sich an Corinna wandte, um sie um Rat zu fragen.

Sie ist so sehr die verkörperte Demut, daß man sie gar nicht anzusehen oder anzusprechen wagt. Man spürt, wie verlegen sie das macht. Am wohlsten fühlt sie sich, wenn man sie in ihrer Ecke allein läßt, und das ist auch ein paarmal geschehen, vor allem nach dem Essen.

Als wir im Wagen zurückfuhren, hat Viviane gemurmelt: »Armer Mann!«

»Wen meinst du?«

»Moriat.«

»Warum?«

»Es ist in seiner Stellung furchtbar für ihn, eine solche Frau zu haben. Wenn sie ein wenig Würde hätte, würde sie ihn längst freigegeben haben.«

»Hat er ihr gesagt, er wolle sich scheiden lassen?«

»Das wird er wohl nicht gewagt haben.«

»Würde Corinna ihn heiraten, wenn er frei wäre?«

Es ist fast unmöglich, daß er sie heiratet. Es käme einem politischen Selbstmord gleich, denn da Corinna steinreich ist, würde man ihm vorwerfen, sie nur um des Geldes willen geheiratet zu haben. Nach meiner Meinung liegt beiden daran, die arme Frau als Abschirmung zu behalten.

An Vivianes Worten habe ich wieder einmal gespürt, wie

grausam sie Schwachen gegenüber ist. Ich weiß genau, wie sehr sie Yvette verurteilt, und ich kann mir denken, in welchem Ton sie zu ihren Freundinnen über sie spricht.

»Ist es dir wirklich ernst mit deinem Urlaubsplan?«

»Ja.«

»Wohin willst du fahren?«

»Das weiß ich noch nicht.«

Sie glaubt nicht nur, daß ich mit ihr fahre, sondern sie ist auch sicher, daß ich mich für die Côte entscheiden werde, denn die wenigen Male, die wir in den Bergen waren, habe ich über das Klima geklagt. Ich wette, sie wird sich unverzüglich für die Riviera vorbereiten, und ich gelobe mir, ihr erst im letzten Augenblick meine wahren Absichten zu enthüllen.

*Sonntag, den 4. Dezember*

*Schlüpfer Jeanine.*

Was mag Bordenave sich gedacht haben, wenn sie das auf meinem Block gesehen hat? An jenem Sonntag habe ich wie an den meisten Sonntagen den Nachmittag am Quai d'Orléans verbracht. Es fror, aber in der Wohnung verbreitete das Kaminfeuer eine wohlige Wärme. Yvette hat mich gefragt:

»Möchtest du ausgehen?«

Sie findet es jetzt am schönsten, zu Hause zu bleiben, wie eine schnurrende Katze die Wärme im Salon oder im Schlafzimmer zu genießen. Jeanine nimmt einen immer größeren Platz in ihrem, ja, in unserem Leben ein, was mich manchmal etwas verlegen macht. Ich bin mir bewußt, daß sie für Yvette ein Segen ist. Noch nie ist Yvette so entspannt und heiter gewesen. Es ist keine künstliche Heiterkeit wie früher. Ich habe nicht den Eindruck, daß sie noch viel an Mazetti denkt.

Ich bin gerade gekommen, als der Kaffee fertig war, und als Jeanine ihn uns servierte, hat Yvette zu mir gesagt:

»Fühl mal ihren Po.«

Ohne zu wissen, warum sie mich dazu aufforderte, habe ich die Hand auf Jeanines Gesäß gelegt, während Yvette fortfuhr:

»Fällt dir nichts auf?«

Doch. Unter dem Kleid trug sie kein Unterkleid und keine Wäsche, es war da nichts als die blanke Haut, über die der schwarze Stoff hinwegglitt.

»Wir haben beschlossen, daß sie in der Wohnung keinen Schlüpfer mehr tragen soll. Das ist amüsanter.«

Jedes zweite Mal, wenn wir uns vergnügen, bittet sie mich jetzt, Jeanine rufen zu dürfen. Am Sonntag hat sie mich nicht einmal gefragt, als verstünde es sich von selbst.

Die beiden sind immer in einer heiter beschwingten Stimmung, und oft, wenn ich komme, höre ich sie flüstern und lachen. Ja, manchmal zwinkern sie sich, über meine Schulter hinweg, zu. Jeanine, die sich hier wie ein Fisch im Wasser zu fühlen scheint, blüht zusehends auf und ist sehr aufmerksam Yvette und mir gegenüber. Manchmal, wenn sie mich hinausgeleitet, fragt sie leise:

»Wie finden Sie sie? Sie wirkt glücklich, nicht wahr?«

Ja, sie wirkte glücklich, aber ich habe sie zu viele Rollen spielen sehen, um nicht auf der Hut zu sein. Als wir im Bett lagen und in die tanzenden Flammen blickten, hat Yvette in einem scherzenden Ton, der nicht zu den heraufbeschworenen zweideutigen Bildern paßte, zu erzählen begonnen. Sie hat von ungeahnten Perversionen gesprochen. Einige haben mich sogar bedenklich gestimmt. Sie macht jetzt daraus ein Spiel, wobei sie sich vor allem an Jeanine wendet, die ihre Worte erregt schlürft.

An jenem Sonntag habe ich entdeckt, daß sie gar nicht so sorglos ist, wie sie scheinen möchte. Als wir beide allein waren und das Licht ausgemacht hatten, hat sie sich in meine Arme geschmiegt, und ich habe gespürt, wie sie ein paarmal ein Zittern überlief.

»Woran denkst du?« habe ich sie gefragt.

Da hat sie den Kopf geschüttelt, ihre Haare strichen mir dabei über die Wange, und erst als eine Träne auf meine Brust fiel, habe ich gemerkt, daß sie weinte. Sie konnte nicht gleich sprechen. Ich war gerührt und habe sie zärtlich an mich gedrückt.

»Nun sag es mir schon, mein kleines Mädchen.«

»Ich dachte an das, was kommen könnte.«

Sie hat von neuem geweint und dann gestammelt:

»Ich könnte es nicht mehr ertragen. Ich bin tapfer. Ich bin immer tapfer gewesen, aber ...«

Sie zog die Nase hoch und hat sich dann ins Bettuch geschneuzt.

»Wenn du mich verläßt, würde ich mich, glaube ich, in die Seine stürzen.«

Ich weiß, sie wird es nicht tun, weil ihr vor dem Tode graut, aber vielleicht würde sie es versuchen, um es sich dann im letzten Augenblick anders zu überlegen, vielleicht auch, um das Mitleid der Vorübergehenden zu erregen. Aber bestimmt wird sie unglücklich sein.

»Du bist der erste, der mir zu einem ordentlichen Leben verholfen hat. Und ich frage mich immer noch, warum du das getan hast. Ich tauge nichts. Du hast durch mich nur gelitten und wirst immer wieder durch mich leiden.«

»Pst.«

»Ärgert dich das mit Jeanine?«

»Nein.«

»Sie soll auch ihren Spaß haben. Sie ist so nett zu mir und immer nur darauf bedacht, mir das Leben angenehm zu machen. Und manchmal, wenn du nicht da bist, bin ich gar nicht heiter.«

Ich spiele die Komödie mit. In all ihrer Aufrichtigkeit steckt immer etwas Theater. Die letzte Bemerkung zum Beispiel ist mehr als übertrieben. Ich glaube sogar, daß sie sich, wenn sie mit Jeanine allein ist, viel heiterer gibt. Das war mit Mazetti genauso. Wenn sie mich auch bloß und nackt sieht, ich bleibe dennoch für sie der große Anwalt, der sie gerettet hat – und außerdem der reiche Mann. Ich möchte schwören, daß sie für Viviane Respekt und Bewunderung hegt und daß der Gedanke, ihren Platz einzunehmen, sie entsetzen würde.

»Wirst du es mir sagen, wenn du mich leid bist?«

»Ich werde das nie sein.«

Die Scheite knistern. Ein rötlicher Schein erhellt das Dunkel. Wir hören, wie Jeanine hinter der Wand in ihrem Zimmer hin und her geht und wie sie sich dann in ihr Bett fallen läßt.

»Weißt du, daß sie ein Kind gehabt hat?«

»Nein.«

»Sie bekam es mit neunzehn. Jetzt ist sie fünfundzwanzig. Sie hat es aufs Land in Pflege gegeben, aber dort haben sie es so schlecht versorgt, daß es an einem Darmleiden gestorben ist. Der Bauch soll ganz geschwollen gewesen sein.«

Meine Mutter hat mich auch zu Leuten auf dem Lande gegeben.

»Bist du glücklich, Lucien?«

»Ja.«

»Trotz allem, was ich dir antue?«

Schließlich schläft sie selig ein, und ich denke eine Weile an Mazetti. Er ist noch nicht wieder am Quai d'Anjou herumgestrichen, und das beunruhigt, ja, erregt mich – wie immer, wenn ich etwas nicht verstehe. Ich nehme mir vor, mich morgen nach ihm zu erkundigen, und schlafe dann auch endlich ein. Ich liege am äußersten Rand des Bettes, denn Yvette hat sich ganz zusammengerollt, und ich will sie nicht wecken.

*Dienstag, den 6. Dezember*

*Grégoire – Javel.*

Ich bin am Montag nicht dazu gekommen, weil ich da immer besonders viel zu tun habe. Unaufhörlich läutet das Telefon. Die Leute, die vom Wochenende zurückkommen, stürzen sich, als hätten sie ein schlechtes Gewissen, mit besonderem Eifer in ernste Angelegenheiten.

Ich könnte so etwas wie ein Stimmungsbarometer für den Verlauf der Woche abgeben. Am Dienstag finden die Menschen ihr inneres Gleichgewicht wieder, benehmen sich wieder ganz normal. Aber am Donnerstag packt sie ein neues Fieber, weil sie schnell mit ihrer Arbeit fertig werden wollen, um am Freitagmittag oder möglichst schon am Freitagmorgen aufs Land fahren zu können.

Am Dienstag also, nach dem Vermerk auf meinem Block, habe ich Grégoire angerufen, den ich als Student kennengelernt habe und der jetzt Professor an der Medizinischen Fakultät ist. Wir sehen uns nur noch alle fünf Jahre, duzen uns aber immer noch aus alter Gewohnheit.

»Wie geht es dir?«

»Und dir und deiner Frau?«

»Gut, danke. Ich möchte dich um eine Gefälligkeit bitten. Ich weiß nicht, an wen ich mich sonst damit wenden soll.«

»Gern, wenn ich dir helfen kann.«

»Es handelt sich um einen Studenten, einen gewissen Leonard Mazetti.«

»Es geht dabei doch wohl nicht um ein Examen?«

Seine Stimme ist plötzlich kühler geworden.

»Nein. Ich möchte wissen, ob er wirklich an der Medizinischen Fakultät eingeschrieben ist und, wenn ja, ob er in der letzten Zeit die Vorlesungen regelmäßig besucht hat.«

»In welchem Semester ist er?«

»Das weiß ich nicht. Er ist zweiundzwanzig oder dreiundzwanzig Jahre alt.«

»Ich werde beim Sekretariat nachfragen und rufe dich dann gleich noch einmal an.«

»Kannst du das möglichst diskret erledigen?«

»Selbstverständlich.«

Er fragt sich gewiß, warum mich dieser junge Mann interessiert. Ich frage mich selber, warum ich mir all diese Mühe mache. Denn außerdem rufe ich noch bei der Direktion der Citroën-Werke am Quai de Javel an. Vor einigen Jahren habe ich einen Prozeß für die Firma geführt und dabei einen der Prokuristen kennengelernt.

»Ist Monsieur Jeambin noch bei Ihnen?«

»Ja. Wer spricht dort?«

»Rechtsanwalt Gobillot.«

»Einen Augenblick. Ich will sehen, ob er in seinem Büro ist.«

Kurz darauf sagt eine andere Stimme mürrisch:

»Was wünschen Sie?«

»Ich möchte Sie um eine kleine Gefälligkeit bitten, Monsieur Jeambin.«

»Verzeihung, wer ist am Apparat? Die Telefonistin hat Ihren Namen nicht verstanden.«

»Rechtsanwalt Gobillot.«

»Ach, Sie! Wie geht es Ihnen?«

»Danke, gut. Ich wüßte gern, ob ein gewisser Mazetti bei Ihnen als Arbeiter tätig ist und, wenn ja, ob er in der letzten Zeit öfter nicht zur Arbeit gekommen ist.«

»Das läßt sich leicht feststellen, aber es dauert ein Weilchen. Würden Sie mich in einer Stunde noch einmal anrufen?«

»Es wäre mir lieb, wenn er nichts davon erführe.«

»Hat er irgend etwas angestellt?«

»O nein. Sie können ganz ohne Sorge sein.«

»Ich werde mich erkundigen.«

Inzwischen habe ich von beiden erfahren, was ich wissen wollte. Mazetti hat nicht gelogen. Er arbeitet seit drei Jahren am Quai de Javel und fehlt selten, fast immer nur, wenn er seine Prüfungen ablegen muß. Nur in der Zeit, als er

Yvette in der Rue de Ponthieu auflauerte, ist er nicht regelmäßig zur Arbeit erschienen. Aber selbst in der fraglichen Woche ist er nur zweimal nicht gekommen.

An der Universität, wo er im achten Semester studiert, hat er während der gleichen Zeit ebenfalls eine Woche lang die Vorlesungen versäumt.

Grégoire hat hinzugefügt:

»Ich habe mich nach dem jungen Mann erkundigt, da ich nicht wußte, worum es dir vor allem ging. Er ist zwar keine Leuchte, seine Intelligenz ist durchschnittlich, um nicht zu sagen unterdurchschnittlich, aber er studiert so fleißig, daß er seine Prüfungen mit guten Noten besteht und sein Ziel erreichen wird. Er wird gewiß einmal ein ausgezeichneter Landarzt werden.«

Mazetti hat sich also wieder in seinen gewohnten Lebensrhythmus hineingefunden. Nachts arbeitet er am Quai de Javel, und tagsüber studiert er.

Ist das ein Zeichen, daß er sich beruhigt hat und von seiner Liebe geheilt ist? Ich möchte es glauben. Ich denke an ihn so wenig wie möglich.

Ohne ihn ginge es mir jetzt so gut wie schon lange nicht mehr.

*Donnerstag, den 8. Dezember*

*St. Moritz.*

Große, weiße Schneeflocken fallen vom Himmel, die noch nicht liegenbleiben, aber schon weiße Streifen auf den Dächern hinterlassen. Bei ihrem Anblick ist mir eingefallen, daß ich unsere Hotelzimmer bestellen muß, wenn wir zu Weihnachten verreisen wollen. Ich habe erst zwischen

Mégève und Chamonix geschwankt, wo ich einige Male mit Viviane war. Doch dann habe ich in einer Zeitung gelesen, daß dort über die Feiertage schon alles ausgebucht ist. Das bedeutet zwar nicht, daß kein Platz mehr zu bekommen ist – ich weiß, was die Zeitungen alles zusammenschreiben –, aber ich muß damit rechnen, in diesen beiden Orten viele meiner skibegeisterten jungen Kollegen zu treffen.

Ich will Yvette nicht verstecken. Ich schäme mich ihrer nicht. Außerdem habe ich gute Gründe zu glauben, daß alle über mein Verhältnis zu ihr im Bilde sind.

Trotzdem wäre es mir nicht angenehm, wenn wir im gleichen Hotel mit Anwälten zusammenwohnten, denen ich jeden Tag im Justizpalast begegne – zumal wenn ihre Frauen sie begleiten. Eine lächerliche Figur abzugeben macht mir nichts aus, und ich weiß genau, daß ich auf Skiern äußerst komisch wirken werde. Aber ich möchte Yvette alles ersparen, was uns unsere Ferien verderben könnte, und manche Frauen könnten das fertigbringen.

Darum habe ich mich schließlich für St. Moritz entschieden. Dort ist ein anderes, internationales Publikum. Der Luxus des ›Palast-Hotel‹ wird sie im Anfang etwas bedrükken, aber wir fallen dort weniger auf.

Ich habe also telefoniert. Der Empfangschef war selber am Apparat, und er scheint meinen Namen zu kennen, obwohl ich noch nie in dem Hotel abgestiegen bin. »Wir haben fast nichts mehr frei«, hat er gesagt, mir aber dennoch ein Schlafzimmer, ein Bad und einen kleinen Salon reserviert. Er hat hinzugefügt:

»Mit Aussicht auf die Eisbahn.«

Am gleichen Tage hat Viviane nach dem Essen die letzte Nummer der *Vogue* aufgeschlagen und mir ein elegantes weißes Abendkleid mit vielen Falten gezeigt.

»Gefällt dir das?«

»Sehr.«

»Ich habe es mir heute nachmittag bestellt.«

Für Cannes natürlich. Das Kleid heißt *Riviera,* aber ich habe nicht gelächelt, denn je näher der Augenblick rückt, da ich ihr alles sagen muß, desto mehr wird mir bewußt, daß es nicht leicht sein wird – zumal sie sich seit einiger Zeit wieder in Sicherheit wiegt. Es ist das erste Mal, daß sie sich so grob über mein Verhalten täuscht. Meine heitere, entspannte Stimmung hat sie anfangs beunruhigt. Vielleicht hat sie sogar mit Pémal darüber gesprochen, der sie ziemlich oft sieht.

»Ich habe den Eindruck, daß die Vitaminspritzen bei dir gut wirken.«

»Warum auch nicht?«

»Fühlst du dich nicht besser als vor vierzehn Tagen?«

»Ich glaube, ja.«

Vielleicht ist sie auch der Meinung, daß mein Verlangen nach Yvette, da sie jetzt so nahe bei mir wohnt, nicht mehr so brennend sei. Sie ahnt nicht, daß es im Gegenteil für mich eine wahre Qual ist, auch nur für ein paar Stunden die Wohnung am Quai d'Orléans verlassen zu müssen.

Soll sie sich ruhig Kleider für die Côte d'Azur bestellen. Nichts hindert sie daran, allein dorthin zu fahren, während Yvette und ich in St. Moritz sein werden.

Lange habe ich so etwas wie Mitleid für Viviane empfunden. Aber das ist vorbei. Ich betrachte sie kalt, wie eine

Fremde. Ihre Bemerkungen über die arme Frau Moriat an jenem Abend, als wir vom ›Hôtel Matignon‹ zurückfuhren, haben ein gut Teil dazu beigetragen. Beim Grübeln über die Vergangenheit habe ich entdeckt, daß Viviane nie Mitleid mit jemandem gehabt hat.

Hat sie etwa mit Andrieu Mitleid gehabt? Ich bin gewiß der letzte, der ihr das vorwerfen darf. Dennoch ist es eine Tatsache, und wenn sie erst dreißig wäre oder selbst vierzig, würde sie nicht zögern, mich genauso zu opfern, wie sie ihren ersten Mann geopfert hat.

Dabei ist mir wieder eingefallen, wie er gestorben ist – ein unschöner Gedanke, wo ich mich doch gerade nach St. Moritz begeben will, das nicht so weit von Davos entfernt liegt.

*Sonntag, den 11. Dezember*

*Jeanine.*

Warum nur habe ich diesen Namen beim Nachhausekommen auf meinen Block geschrieben? Es muß einen Grund gegeben haben. Habe ich dabei an etwas Bestimmtes gedacht? Oder war es nur ein vager Gedanke?

Da es Sonntag war, habe ich den Nachmittag am Quai d'Orléans verbracht und, wie ich mich jetzt erinnere, auch einen Teil des Abends, aber nicht die Nacht. Wir sollten nämlich Moriat bei einem politischen Diner um halb elf in der Rue Saint-Dominique treffen. An jenem Abend hat Viviane erzählt, daß wir die Weihnachtsferien im Süden, in Cannes, verbringen würden, und Corinna hat mir einen Blick zugeworfen, der mich vermuten ließ, daß sie von meinen Plänen Wind bekommen hatte.

Was war nur mit Jeanine? Es war doch genauso wie immer. Sie fühlt sich zusehends wohler und ungehemmter mit uns. Einmal hat Yvette gesagt:

»Als ich ein kleines Mädchen war, träumte ich schon davon, an einem Ort zu leben, wo alle nackt sind und man die Zeit damit verbringt, sich zu lieben und alles miteinander zu machen, wozu man Lust hat.«

Sie hat über ihre Erinnerungen gelächelt.

»Ich nannte das ›Paradies auf Erden spielen‹, und ich war elf Jahre alt, als meine Mutter mich dabei überraschte, daß ich mit einem kleinen Jungen, der Jacques hieß, Paradies auf Erden spielte.«

Nicht dieser Bemerkung wegen habe ich Jeanines Namen notiert. Auch wohl nicht einer anderen Bemerkung Yvettes wegen, die Jeanine und mich ernst ansah, als wir zusammen im Bett lagen.

»Das ist lustig«, hat sie plötzlich mit einem Lachen gesagt, das uns in unserem Spiel innehalten ließ.

»Was ist lustig?«

»Hast du nicht gehört, was sie dir eben gesagt hat?«

»Daß ich ihr etwas weh täte.«

»Nein, nicht genauso. Sie hat gesagt:

›Monsieur, Sie tun mir ein wenig weh.‹ Ich finde das drollig. Es ist, als ob sie dich in der dritten Person anredete, um dich zu bitten, ihr zu erlauben, dich ...«

Das Ende des Satzes war sehr derb, das Bild komisch. Sie liebt es, unter solchen Umständen präzise und vulgäre Worte zu verwenden.

Ach, jetzt fällt es mir ein. Es war nichts Wichtiges, aber ich wollte es nicht wieder vergessen. Mir war plötzlich bewußt geworden, daß Jeanine Yvette beschützte, nicht vor mir, aber vor der übrigen Welt. Sie scheint begriffen zu haben, was uns verbindet – was ich ganz erstaunlich finde –, und bemüht sich, eine Art Schutzraum um uns aufzubauen.

Ich kann es mir nicht genau erklären. Nach der Zusammenkunft, auf die ich eben angespielt habe, wäre es lächerlich, von einem mütterlichen Gefühl zu sprechen, und dennoch hat es damit etwas zu tun. Es ist für sie ein Spiel und zugleich ihr Lebensinhalt geworden, Yvette glücklich zu machen. Sie ist mir dankbar dafür, daß ich mich schon vorher darum bemüht habe, und billigt alles, was ich in dieser Hinsicht tue.

Es ist ein wenig, als nähme sie auch mich unter ihre Fittiche, obwohl sie meine Feindin werden würde, wenn ich mein Verhalten Yvette gegenüber änderte oder wenn wir uns zum Beispiel ernsthaft miteinander streiten würden.

Sie ist eigentlich überhaupt nicht lesbisch. Im Gegensatz zu Yvette hatte sie, ehe sie an den Quai d'Orléans kam, nie Erlebnisse mit Frauen.

Trotzdem weiß ich nicht mehr, warum ich beim Nachhausekommen daran gedacht habe. Genauer gesagt, ich ahnte nicht, daß das mit einem besonderen Ereignis zusammenhing.

Erst jetzt verstehe ich, warum sie mich an jenem Sonntag gebeten hat:

»Ermüden Sie sie heute nicht zu sehr.«

*Dienstag, den 13. Dezember*

*Caillard.*

Ein erschöpfendes Plädoyer, in dem ich den Geschworenen drei Stunden lang zusetzte, um eine Verurteilung zu zehn Jahren Gefängnis zu erreichen. Ohne die mildernden Umstände, die ich ihnen, ich weiß nicht, durch welches Wunder, entlockt habe, hätte mein Mandant lebenslängliche Zwangsarbeit erhalten.

Statt mir dafür dankbar zu sein, hat er mich wütend angeblickt und gemurmelt: »Und dafür dieser ganze Zirkus!«

Auf Grund meines Rufes hatte er mit Freispruch gerechnet. Er heißt Caillard, und ich bedaure jetzt, daß man ihn nicht für immer von der Bildfläche hat verschwinden lassen – er hätte es verdient.

Als ich um neun Uhr abends kam, schlief Yvette schon.

»Wecken Sie sie lieber nicht«, hat Jeanine gesagt.

Ich weiß nicht, was über mich gekommen ist. Doch, ich weiß es genau. Nach der Anspannung eines wichtigen Plädoyers, nach dem qualvollen Warten auf das Urteil, verlangt es mich meist nach einer sexuellen Entspannung. Jahrelang habe ich mich dann immer schnurstracks in ein Bordell in der Rue Duphot begeben. Ich bin nicht der einzige, dem es so geht.

Durch den Türspalt sah ich Yvette schlafend im Bett liegen. Ich habe einen Augenblick gezögert und Jeanine fragend angesehen, die leicht errötete.

»Hier?« hat sie auf meine stumme Frage geantwortet.

Ich habe genickt. Ich wollte nur ein kurzes Liebesspiel. Ein wenig später habe ich Yvettes Stimme gehört, die sagte:

»Amüsiert ihr euch gut, ihr beiden? Macht doch die Tür auf, damit ich euch sehen kann.«

Sie war nicht eifersüchtig. Als ich sie küßte, hat sie mich gefragt:

»Hat sie es gut gemacht?«

Sie hat sich auf die Seite gedreht und ist wieder eingeschlafen…

*Mittwoch, den 14. Dezember*

? ? ? ? ?

Als sie mich hinausbegleitete, hat Jeanine mir auf der Treppe endlich die Wahrheit gesagt. Um elf Uhr morgens lag Yvette noch bleich im Bett, und ich sah, daß sie ihr Frühstück nicht angerührt hatte.

»Mach dir keine Sorgen. Es ist nichts. Hast du schon die Fahrkarten besorgt?«

»Gestern. Ich habe sie in der Tasche.«

»Verlier sie nur nicht. Weißt du, daß es das erste Mal ist, daß ich im Schlafwagen fahren werde?«

Weil sie mir so sonderbar erschienen war, habe ich Jeanine in der Diele gefragt:

»Was hat sie nur? Ist es wegen gestern?«

»Nein… Pst.«

Erst auf der Treppe hat sie es mir gesagt:

»Es ist besser, Sie erfahren es schon jetzt. Sie glaubt, sie bekommt ein Kind, und macht sich Gedanken, wie Sie das aufnehmen werden.«

Ich blieb wie angewurzelt stehen, die Hand auf dem Geländer, mit weitaufgerissenen Augen. Ich könnte bis jetzt nicht sagen, was ich in dem Moment empfunden habe; ich weiß nur, daß es ein ganz und gar unerwartetes, heftiges Gefühl war.

Es hat eine ganze Weile gedauert, bis ich mich wieder gefaßt hatte. Dann habe ich Jeanine beiseite gestoßen und bin die wenigen Stufen wieder hinaufgeeilt. Ich bin ins Schlafzimmer gestürzt und habe gerufen:

»Yvette! Ist das wahr?«

Ich weiß nicht, wie meine Stimme klang, was für ein Gesicht ich machte, als sie sich aufsetzte.

»Was?«

»Was ich soeben von Jeanine gehört habe.«

»Hat sie's dir gesagt?«

Wieso hat sie nicht gleich gemerkt, daß ich überglücklich war?

»Bist du böse?«

»Nicht im geringsten, mein Liebes. Ganz im Gegenteil! Und ich hab noch gestern abend mit...«

»Ja, eben!«

Darum also hatte mich Jeanine am Sonntag gebeten, Yvette nicht zu ermüden. Zwischen meiner Frau und mir ist von Kindern nie die Rede gewesen. Das ist ein Thema, an das sie nie gerührt hat, und aus den Vorsichtsmaßnahmen, die sie immer ergriff, schloß ich, daß sie keine wollte. Ich habe übrigens nie gesehen, daß sie auf der Straße, am Strand oder bei Freunden ein Kind auch nur eines Blickes würdigte. Das ist für sie eine fremde, gewöhnliche, fast unanständige Welt.

Ich erinnere mich noch genau an den Ton in ihrer Stimme, als wir erfuhren, daß die Frau eines meiner Kollegen ihr viertes Kind erwartete.

»Manche Frauen sind wie Kaninchen«, sagte sie. »Es gibt sogar welche, die das schön finden.«

Man könnte glauben, daß die Mutterschaft sie anwiderte.

Vielleicht sieht sie in ihr etwas wie eine Erniedrigung. Yvette, die mich immer noch beschämt und ängstlich anblickte, stammelte:

»Wenn es dir lieber ist, daß ich es nicht...«

»Ist dir das schon einmal passiert?«

»Fünfmal. Ich wagte es dir nicht zu sagen. Ich wußte nicht, was ich machen sollte. All die Schwierigkeiten, die ich dir schon mache...«

Meine Augen waren feucht, und ich habe sie nicht in die Arme genommen. Ich fürchtete, theatralisch zu wirken. Ich habe nur ihre Hand ergriffen und sie zum ersten Mal geküßt. Jeanine war so taktvoll, uns allein zu lassen.

»Bist du sicher?«

»So schnell kann man nie sicher sein, aber es sind jetzt schon zehn Tage.« Sie hat mich blaß werden sehen und begriffen, warum; sie hat schnell hinzugesetzt: »Ich habe gezählt. Wenn es stimmt, kann es nur von dir sein.«

Die Kehle war mir wie zugeschnürt.

»Würdest du dich wirklich freuen? In die Schweiz können wir trotzdem reisen. Ich bleibe nur im Bett, weil Jeanine nicht will, daß ich aufstehe. Sie behauptet, ich müßte, wenn ich es behalten will, im Anfang ein paar Tage ruhen.«

Seltsames Mädchen. Seltsame Mädchen, die beiden.

»Würdest du dich wirklich freuen?« fragte sie noch einmal. Natürlich. Ich hatte noch gar nicht darüber nachgedacht. Gewiß wird das einige Schwierigkeiten mit sich bringen. Aber ich bin dennoch froh, bewegt, gerührt wie noch nie in meinem Leben.

»In zwei oder drei Tagen werde ich zum Arzt gehen und mich untersuchen lassen.«

»Warum nicht gleich?«

»Möchtest du das? Möchtest du es lieber schnell wissen?«

»Ja.«

»Dann werde ich morgen früh meinen Urin im Labor untersuchen lassen. Jeanine wird ihn hinbringen. Ruf sie herein.«

Und zu Jeanine:

»Er will, daß ich das Kind bekomme.«

»Ich weiß es schon.«

»Was hat er denn gesagt, als du es ihm berichtet hast?«

»Nichts. Er stand wie erstarrt da, und dann hat er mich fast umgestoßen, um zu dir zu stürzen.«

Sie macht sich über mich lustig.

»Er will durchaus, daß du morgen früh eine Urinprobe ins Labor bringst.«

»Dann werde ich eine sterilisierte Flasche besorgen.«

Sie wissen beide Bescheid.

Ich werde in meinem Arbeitszimmer erwartet. Bordenave ruft an, um mich um Anweisungen zu bitten.

Jeanine meldet sich am Apparat.

»Was soll ich ihr sagen?«

»Daß ich in wenigen Minuten dort bin.«

Es ist übrigens auch besser, daß ich jetzt gehe, denn im Augenblick störe ich hier nur.

*Donnerstag, den 15. Dezember*

*Urinprobe ins Labor geschickt.*
*Gesandtschaftsdiner.*

Es handelt sich um meinen südamerikanischen Gesandten, der im kleinen Kreise ein erlesenes Diner gegeben hat, um unseren Erfolg zu feiern. Dank Moriat sind die Waffen bereits auf dem Weg zu irgendeinem Hafen, wo sie schon sehnsüchtig erwartet werden. Im Januar soll der Staatsstreich stattfinden.

Außer meinem Honorar habe ich ein goldenes Zigarettenetui erhalten.

*Freitag, den 16. Dezember*

*Warten. Viviane.*

Ich warte auf das Ergebnis der Urinuntersuchung, das ich erst morgen erfahren werde. Viviane ist ungeduldig.

»Hast du unser Appartement im Hotel reserviert?«

»Noch nicht.«

»Bernards fahren nach Monte Carlo.«

»Ach.«

»Hörst du mir zu?«

»Du hast gesagt, Bernards fahren nach Monte Carlo, und da mich das nicht interessiert, habe ich geantwortet: Ach.«

»Interessiert dich Monte Carlo auch nicht?«

Ich zucke die Schultern.

»Ich ziehe Cannes vor. Und du?«

»Mir ist es gleich.«

In einigen Tagen wird das anders sein, aber im Augenblick fühle ich mich ihr gegenüber geradezu beschwingt. Mein Lächeln bringt sie aus dem Konzept. Sie weiß nicht mehr, was sie denken soll, und wird plötzlich ärgerlich.

»Wann gedenkst du das Notwendige zu tun?«

»Das Notwendige wofür?«

»Für unsere Reise nach Cannes.«

»Das hat noch Zeit.«

»Nein, das hat nicht Zeit, wenn wir ein Appartement im ›Carlton‹ bekommen wollen.«

»Warum im ›Carlton‹?«

»Weil wir dort immer abgestiegen sind.«

Um das Gespräch zu beenden, habe ich gesagt:

»Ruf du doch an.«

»Kann ich deine Sekretärin damit beauftragen?«

»Warum nicht?«

Bordenave hat gehört, wie ich nach St. Moritz telefoniert habe. Sie wird Bescheid wissen, wird nichts sagen und wieder einmal rote Augen haben.

*Samstag, den 17. Dezember*

*Ja! Yvette bekommt ein Kind!*

## 8

*Montag, den 19. Dezember*

Ich weiß nicht, wie das mit den Blumen hat geschehen können, und es wird immer ein Geheimnis bleiben. Am Samstag bin ich auf dem Weg zum Justizpalast bei Lachaume vorbeigefahren, um sechs Rosen zum Quai d'Orléans schicken zu lassen. Ich hatte ein Taxi genommen und ließ es vor dem Laden warten, während ich schnell hineinging. Ich sehe noch, wie ich auf sechs dunkelrote Rosen deutete. Die Verkäuferin, die mich kennt, fragte:

»Wollen Sie eine Karte beilegen, Herr Rechtsanwalt?«

»Nein, das ist nicht nötig.«

Ich habe ihr bestimmt Yvettes Namen und Adresse angegeben – es sei denn, ich hätte ernsthafte Ausfallserscheinungen. Der Chauffeur stritt sich draußen mit einem Polizisten, der ihm befohlen hatte, weiterzufahren, und als er mich erkannte, rief er:

»Entschuldigen Sie, Herr Rechtsanwalt. Ich wußte nicht, daß er auf Sie wartete.«

Als ich kurz vor sieben zum Quai d'Orléans ging, habe ich nicht mehr an die Blumen gedacht und sie auch nicht in der Wohnung gesehen. Ich bin nicht lange geblieben, weil ich am Abend mit meiner Frau eingeladen war.

Am Quai d'Anjou bin ich gleich ins Schlafzimmer hinaufgegangen, um mich umzuziehen. Viviane, die sich gerade anzog, lächelte spöttisch.

»Das ist aber reizend von dir«, sagte sie, als ich Krawatte und Jackett abgelegt hatte und sich unsere Blicke im Spiegel begegneten.

»Was?«

»Daß du mir Blumen geschickt hast. Da keine Karte dabei war, nehme ich an, sie sind von dir. Oder habe ich mich getäuscht?«

Im gleichen Augenblick habe ich meine Rosen in einer großen Vase auf einem Tischchen stehen sehen. Dabei ist mir eingefallen, daß Yvette gar nichts von den Blumen gesagt hatte und ich in der Wohnung auch keine gesehen hatte.

»Ich hoffe, sie haben sich nicht in der Adresse geirrt«, fuhr Viviane fort.

Sie glaubt natürlich, daß es so ist. Ich hatte keinen Grund, ihr heute Blumen zu schicken. Ich verstehe nicht, wie es zu dem Irrtum kommen konnte. Ich habe mehr darüber nachgedacht, als ich wollte, weil mich solche Geheimnisse quälen, bis ich eine einleuchtende Erklärung für sie finde. Bei Lachaume habe ich Yvettes Namen angegeben. Ich bin dessen ganz sicher. Ich sehe noch, wie das junge Mädchen auf einen Umschlag Yvette Maudet schrieb. Habe ich dann gedankenlos Quai d'Anjou statt Quai d'Orléans gesagt?

Albert muß die Blumen ausgepackt haben, ohne zu lesen, was auf dem Umschlag stand, und da er gemerkt hat, daß der Umschlag leer war, hat er ihn gewiß in den Papierkorb geworfen. Und Viviane, die sicherlich zu den gleichen

Schlüssen gekommen ist wie ich, hat bestimmt den Papierkorb durchsucht.

Es war zu spät, um andere Blumen zu schicken, und am nächsten Tag, der ein Sonntag war, waren die Läden geschlossen. Auf den Gedanken, zum Blumenmarkt zu gehen, der gleich um die Ecke ist, bin ich nicht gekommen. Ich bin erst nach dem Mittagessen zu Yvette gegangen, denn ich hatte den ganzen Morgen zu arbeiten. Sie sagte mir, sie habe Jeanine erlaubt, ihre Schwester zu besuchen, deren Mann ein kleines Restaurant in Fonteney-sur-Bois besitzt. Es war herrliches Wetter, kalt, aber sonnig.

»Wollen wir nicht etwas an die Luft gehen?« hat Yvette vorgeschlagen.

Sie hat ihren Bibermantel angezogen, den ich ihr im Herbst gekauft habe, als sie noch in der Rue de Ponthieu wohnte, und an dem sie mehr hängt als an allem, was sie sonst besitzt, weil es ihr erster Pelzmantel ist. Vielleicht wollte sie nur ausgehen, um sich in ihm zu zeigen.

»Wohin möchtest du gehen?«

»Das ist mir ganz gleich. Ein bißchen durch die Straßen schlendern.«

Viele Paare und Familien hatten den gleichen Gedanken gehabt, und schon in der Rue de Rivoli wurden wir von einer Art Prozession fortgetragen, die jenes charakteristische Geräusch von gemächlichen Schritten auf dem Pflaster von sich gab, das man nur sonntags hört, weil sich die Menschen dann langsamer und ohne Ziel vorwärtsbewegen und vor den Schaufenstern stehenbleiben. Weihnachten ist nahe, und alles ist entsprechend dekoriert. Vor dem Warenhaus Louvre stand eine dichte Menge, und so mußten wir uns damit begnügen, die feenhafte Beleuchtung der Fassade vom Fahrdamm aus zu bewundern.

»Wollen wir einmal sehen, was in diesem Jahr in den Galeries Lafayette und im Printemps ausgestellt ist?«

Mittlerweile war es schon dunkel geworden. Erschöpfte Familien saßen rings um die Kohlenöfen auf den Terrassen. Ich weiß nicht, ob dies eine neue Rolle ist, in der sie sich gefällt. Es war, als ob es ihr Spaß machte, es den Kleinbürgern gleichzutun, zwischen denen wir uns bewegten. Es fehlte nur noch, daß wir Kinder an der Hand hinter uns herzogen.

Sie spricht kaum davon, daß sie Mutter werden wird, und wenn sie's einmal tut, dann so ruhig, als wäre es das Natürlichste von der Welt. Für sie hat das nichts Geheimnisvolles oder Erschreckendes wie für einen Mann. Sie ist schwanger und wird zum ersten Mal ein Kind zur Welt bringen. Das einzige, was sie einen Augenblick verwirrt hat, ist, daß ich mich darüber freue. Das hatte sie nicht erwartet.

Ich frage mich, ob sie mir diesen zu ihren und meinen sonstigen Gewohnheiten so gar nicht passenden Spaziergang nur vorgeschlagen hat, um mir ihre Dankbarkeit zu zeigen und zugleich schon ihre künftige Rolle als Ehefrau und Mutter zu spielen.

Wir haben uns vor dieselben Schaufenster gestellt wie die Menge, sind wieder ein Stück gegangen und ein paar Meter weiter wieder stehengeblieben. In den staubigen Geruch der Straße mischte sich da und dort die Duftwolke eines Parfüms.

»Wo willst du zu Abend essen?«

»Wie wär's, wenn wir irgendwo Sauerkraut äßen?«

Aber dazu war es noch zu früh, und so sind wir in ein Café in der Nähe der Oper gegangen.

»Bist du nicht müde?«

»Nein. Und du?«

Ich spürte eine gewisse Mattigkeit, aber sie war nicht nur rein körperlich. Sie hatte auch nicht unmittelbar mit Yvette zu tun. Es war eine Art Weltschmerz, den zweifellos das monotone Sich-dahin-Bewegen der Menge ausgelöst hatte.

Wir haben in der elsässischen Brasserie in der Rue d'Enghien zu Abend gegessen, wo wir schon öfter gewesen waren. Von dort wollte ich mit ihr ins Kino gehen, aber sie wollte lieber nach Hause.

Gegen zehn Uhr, als wir uns einen Film im Fernsehen anschauten, hörten wir, wie sich der Schlüssel im Schloß drehte, und zum ersten Mal habe ich dann Jeanine im Sonntagsstaat gesehen. Sie sah wie eine Dame aus in einem marineblauen Rock, weißer Bluse, blauem Mantel und einem kleinen roten Hut. Sie war auch anders geschminkt als sonst und hatte ein anderes Parfüm benutzt.

Wir haben uns den Film weiter angesehen. Yvette, die zwei- oder dreimal niesen mußte, schlug vor, einen Grog zu trinken, und um halb zwölf lagen wir alle schon in tiefem Schlummer.

Es war einer der friedlichsten und stillsten Tage, die ich seit langem erlebt habe. Soll ich gestehen, daß er einen Nachgeschmack in mir hinterlassen hat, den ich lieber nicht analysieren will?

## 9

*Cannes, Sonntag, den 25. Dezember*

Die Sonne scheint. Die Menschen promenieren ohne Mantel auf der Croisette, deren Palmen sich vom blauen Meer abheben, auf dem kleine weiße Boote gleichsam dahinschweben.

Ich habe meine Frau dazu überredet, mit Géraldine Philipeau, einer Freundin, die sie bei unserer Ankunft in der Halle des ›Carlton‹ getroffen und seit Jahren nicht gesehen hatte, auszugehen. Sie kennt sie schon aus der Zeit, ehe wir verheiratet waren, und sie sind sich beide um den Hals gefallen.

Ich werde mich bemühen, alles der Reihe nach zu berichten, wenn das wohl auch ein vergebliches Unterfangen sein wird. Vor mir steht ein Kalender, aber ich brauche ihn nicht, um mir alles wieder ins Gedächtnis zu rufen. Die Blätter, auf denen ich jetzt schreibe, haben nicht das gleiche Format wie die anderen. Ich benutze das Schreibpapier des Hotels.

Ich habe eben noch einmal durchgelesen, was ich am Morgen des 19. Dezember, an einem Montag, in meinem Arbeitszimmer geschrieben habe. Es ist mir, als wäre das alles in einer anderen Welt geschehen, jedenfalls ist es schon sehr lange her, und es will mir kaum in den Kopf, daß dieses Weihnachten, das ich hier mit Viviane gemeinsam verlebe, das gleiche ist, das dicht vor der Tür stand, als Yvette und ich an jenem Sonntag durch die Straßen von Paris bummelten.

Am Montagmorgen habe ich ihr Blumen schicken lassen und dafür gesorgt, daß sie sie diesmal auch wirklich erreichten, und als ich gegen Mittag zu ihr kam, war sie sehr gerührt. Aus purer Gedankenlosigkeit habe ich ihr nie Blumen geschenkt, außer in einem Café oder auf einer Terrasse, und da war es fast immer ein Veilchenstrauß.

»Weißt du, daß du mich wie eine Dame behandelst?« hat sie gesagt. »Sieh doch, wie schön sie sind!«

Den Nachmittag habe ich im Justizpalast verbracht. Ich hatte Viviane versprochen, zeitig zurückzukommen, denn an jenem Abend gaben wir wie jedes Jahr ein Diner für meine Kollegen.

Auf dem Rückweg wollte ich nur einen Augenblick bei Yvette hereinschauen. Ganz gegen meine Gewohnheit habe ich, als ich die kleine Brücke überquerte, die die Cité mit der Ile Saint-Louis verbindet, zu den Fenstern der Wohnung hinaufgeblickt. Sie schimmerten rosa, und ich erinnere mich, daß ich dachte, was für ein behagliches Nest das doch sei, so recht geeignet für ein Glück zu zweit. Die jungen Liebespaare, die eng umschlungen am Quai spazierengehen, werfen gewiß manchmal einen sehnsüchtigen Blick dorthin und seufzen:

»Später, wenn wir ...«

Ich brauchte nicht erst den Schlüssel aus der Tasche zu ziehen. Jeanine, die meine Schritte auf der Treppe gehört hatte, öffnete, und ich merkte sofort, daß etwas passiert war.

»Ist sie krank?«

Als Jeanine mich durch die Diele führte, hat sie gefragt:

»Waren Sie nicht mit ihr zusammen?«

»Nein. Ist sie ausgegangen?«

Sie wußte nicht, wie sie sich verhalten sollte.

»Gegen drei Uhr.«

»Hat sie nicht gesagt, wo sie hinwollte?«

»Nein, nur daß sie Lust hat, ein bißchen spazierenzugehen.«

Es war bereits halb acht. Seit sie am Quai d'Orléans wohnte, war Yvette nie so spät nach Hause gekommen.

»Vielleicht hat sie Besorgungen gemacht«, sagte Jeanine.

»Hat sie davon gesprochen?«

»Nicht direkt, aber sie hat mir erzählt, was sie gestern alles in den Schaufenstern gesehen hat. Sie wird bestimmt jeden Augenblick zurückkommen.«

Ich merkte, daß sie nicht daran glaubte. Ich glaubte ebensowenig daran.

»Ist sie plötzlich auf den Gedanken gekommen auszugehen?«

»Ja.«

»Hat jemand angerufen?«

»Nein. Das Telefon hat den ganzen Tag nicht geläutet.«

»Wie wirkte sie?«

Jeanine wollte diese Frage nicht beantworten, aus Furcht, Yvette zu verraten.

»Soll ich Ihnen nicht etwas zu trinken bringen?«

»Nein.«

Ich habe mich in einen Sessel im Salon fallen lassen, bin

aber bald wieder aufgestanden, weil ich es nicht aushielt, stillzusitzen.

»Soll ich bleiben oder gehen?«

»Hat sie nicht von Mazetti gesprochen?«

»Nein.«

»Nie?«

»Schon seit mehreren Tagen nicht.«

»Glauben Sie, daß sie Sehnsucht nach ihm hatte?«

Sie schüttelte den Kopf, aber ich merkte, daß sie mir etwas verbarg.

»Machen Sie sich keine Gedanken darüber, Monsieur Gobillot. Sie wird bald kommen und …«

Um acht Uhr war sie noch nicht zurück, um halb neun auch noch nicht, und als das Telefon läutete, bin ich an den Apparat gestürzt. Es war Viviane.

»Hast du vergessen, daß wir Gäste eingeladen haben?«

»Ich werde nicht dabeisein.«

»Was sagst du?«

»Ich werde nicht dabeisein.«

»Was ist denn los?«

»Nichts.«

Ich konnte mich nicht in den Frack werfen, um mit dem Präsidenten der Anwaltskammer, meinen Kollegen und ihren Frauen zu dinieren.

»Geht es wirklich nicht?«

»Nein.«

»Willst du mir nicht sagen, warum?«

»Nein. Entschuldige mich bei ihnen. Erfinde irgend etwas, und sag ihnen, ich würde vielleicht im Laufe des Abends noch kommen.«

Ich habe an alle Möglichkeiten gedacht, selbst daran, daß Yvette unterwegs einen Mann kennengelernt hat und mit ihm in irgendeine Absteige gegangen ist. Als sie noch in der Rue de Ponthieu wohnte, ist das ein paarmal vorgekommen. In der letzten Zeit freilich schien sie ein anderer Mensch geworden zu sein, aber das konnte sich schnell wieder ändern.

Dachte auch Jeanine daran? Sie bemühte sich, mich abzulenken, ohne daß ich es merken sollte. Sie hat mich schließlich dazu gebracht, einen Whisky zu trinken, und das war gut.

»Sie dürfen ihr nicht böse sein.«

»Ich bin ihr nicht böse.«

»Es ist nicht ihre Schuld.«

Auch sie dachte an Mazetti. Hat Yvette ihn je ganz vergessen? Und selbst wenn er ihr eine Zeitlang gleichgültig geworden war, könnte nicht das Nahen des Weihnachtsfestes manche Erinnerungen in ihr geweckt haben?

Es ist unwahrscheinlich, daß wir ihm gestern in der Menge begegnet waren und daß sie mir nichts davon gesagt hat. Aber wir haben Hunderte anderer Paare gesehen, anderer Männer, unter denen einer ihm vielleicht ähnelte, und das hätte schon genügt, um sie wieder an ihn denken zu lassen.

Ich weiß es nicht. Ich tappe im dunkeln.

War sie vielleicht zum Quai de Javel gegangen, um Mazetti zu sagen, daß sie Mutter wird?

Jeanine und ich zuckten jedesmal zusammen, wenn wir Schritte auf der Treppe hörten. Aber zu uns kam niemand. Noch nie haben wir so deutlich jedes Geräusch im Haus gehört.

»Warum gehen Sie nicht zu Ihrem Diner?«

»Das kann ich nicht.«

»Es würde Sie aber auf andere Gedanken bringen. Hier quälen Sie sich nur. Ich verspreche Ihnen, Sie sofort anzurufen, wenn sie nach Hause kommt.«

Gegen zehn Uhr rief meine Frau an.

»Sie sitzen im Salon. Ich habe mich für einen Augenblick davongestohlen. Wäre es nicht besser, du sagtest mir die Wahrheit?«

»Was soll ich sagen? Ich weiß nichts.«

»Ist sie krank?«

»Nein.«

»Ein Unfall?«

»Ich weiß es nicht.«

»Willst du damit sagen, daß sie verschwunden ist?«

Ein Schweigen. Dann flüstert sie:

»Ich hoffe, es ist nichts Schlimmes.«

Elf Uhr. Jeanine hat vergeblich mich zu überreden versucht, etwas zu essen. Ich habe es nicht gekonnt. Ich habe ein paar Gläser Whisky getrunken. Wie viele, weiß ich nicht, ich habe sie nicht gezählt. Ich wagte nicht, die Polizei anzurufen, aus Furcht, den ganzen Apparat in Bewegung zu setzen, während in Wirklichkeit alles vielleicht ganz harmlos war.

»Hat sie Ihnen nie seine Adresse gesagt?«

»Mazettis? Nein. Ich weiß nur, daß er irgendwo am Quai de Javel wohnt.«

»Wissen Sie auch nicht, wie das Hotel heißt?«

»Nein.«

Einen Augenblick habe ich daran gedacht, Mazettis

Hotel ausfindig zu machen, aber ich weiß, daß das zwecklos wäre. Ich kenne das Viertel, und wenn ich auch von einem Hotel zum anderen ginge, um nachzufragen, man würde mir nicht einmal antworten.

Um zehn nach zwölf ruft mich Viviane wieder an, und ich ärgere mich darüber, weil ich mir jedesmal, wenn das Telefon läutet, falsche Hoffnung mache.

»Noch nichts?«

»Nein.«

»Sie sind eben gegangen.«

Ich lege den Hörer auf und nehme meinen Mantel und meinen Hut.

»Wohin gehen Sie?«

»Mich vergewissern, daß ihr nichts zugestoßen ist.«

Das ist nicht das gleiche, wie die Polizei anzurufen. Ich überquere den Platz bei Notre-Dame und gehe durch den hinteren Eingang in den Hof des Polizeipräsidiums, wo man nur noch ein paar erleuchtete Fenster sieht. Die leeren Flure, in denen meine Schritte laut widerhallen, sind mir vertraut. Zwei Männer drehen sich nach mir um. Ich öffne die Tür zu dem Raum, in dem sich die Zentrale des Überfallkommandos befindet, und jemand ruft fröhlich: »Sieh einer an! Rechtsanwalt Gobillot besucht uns. Da ist gewiß irgendein Verbrechen im Gang.«

Es ist Griset, ein Inspektor, den ich schon seit langem kenne. Er drückt mir die Hand. Sie sitzen zu dritt in dem großen Zimmer, in dem sich ein Fernsprechvermittlungsschrank mit Hunderten von Löchern befindet und wo hin und wieder auf einem Pariser Stadtplan an der Wand ein Lämpchen aufleuchtet.

Einer der Männer steckt dann einen Stöpsel in eins der Löcher.

»Saint-Victor? Bist du's, Colombani? Euer Wagen ist eben weggefahren. Was Ernstes? Nein? Schlägerei? Gut.«

Alle polizeilichen Meldungen gelangen hierher, wo die drei Männer ihre Pfeife oder Zigarette rauchen und einer von ihnen auf einem Spirituskocher Kaffee kocht. Ich muß daran denken, daß Yvette mir eines Morgens, als ich mich todmüde anzog, gesagt hat, sie wollte sich einen Spirituskocher kaufen.

»Trinken Sie auch eine Tasse, Herr Rechtsanwalt?«

Sie fragen sich gewiß, was mich hierherführt, obwohl es nicht das erste Mal ist, daß ich ihnen einen Besuch abstatte.

»Kann ich mal telefonieren?«

»Nehmen Sie den Apparat dort. Da können Sie die Nummer gleich wählen.«

Ich rufe in der Wohnung am Quai d'Orléans an.

»Ich bin's. Immer noch nichts?«

Natürlich nicht. Ich wende mich an Griset, dessen kurzer Schnurrbart von den vielen Zigaretten mit der Zeit bräunlich geworden ist.

»Wissen Sie von einem Unfall, der einem jungen Mädchen zugestoßen ist?«

»Seit ich meinen Dienst angetreten habe, ist nichts gemeldet. Aber warten Sie.«

Er sieht in einem Heft mit schwarzem Deckel nach.

»Wie heißt sie?«

»Yvette Maudet.«

»Nein, hier steht nur etwas von einer Bertha Costerman, die auf der Straße zusammengebrochen und in ein Krankenhaus gebracht worden ist. Sie ist Belgierin, neununddreißig Jahre alt.«

Er stellt mir keine Fragen. Ich beobachte die Lämpchen, die auf dem Stadtplan aufblitzen, vor allem die vom 15. Arrondissement, im Viertel Javel. Einen Augenblick überlege ich, ob ich bei Citroën anrufen soll, aber die Büros sind geschlossen, und in der Werkstatt würde ich doch keine Auskunft erhalten. Und selbst wenn man mir sagte, daß Mazetti dort ist – würde mich das beruhigen? Was würde es mir nützen, das zu wissen?

»Hallo, Grandes-Carrières, was ist bei euch passiert?... Wie?... Ja... Ich schicke den Krankenwagen...« Er dreht sich zu mir um.

»Ein Nordafrikaner, der bei einer Messerstecherei verletzt worden ist.«

Ich sitze mit baumelnden Beinen auf der Kante eines Tisches, habe den Hut in den Nacken geschoben und trinke den Kaffee, den man mir eingegossen hat. Aber dann springe ich auf und gehe auf und ab.

»Was für ein Mädchen ist es?« fragt Griset, nicht aus Neugier, sondern weil er mir helfen möchte.

Was soll ich ihm antworten? Wie Yvette beschreiben?

»Sie ist zwanzig Jahre alt, wirkt aber jünger. Sie ist klein, schlank, trägt einen Bibermantel und eine Pferdeschwanzfrisur.«

Ich rufe von neuem bei Jeanine an.

»Ich bin's noch mal.«

»Immer noch nichts.«

»Ich komme.«

Ich will nicht, daß die drei merken, wie unruhig ich bin.

In diesem Raum, wo alle fünf Minuten eins der Lämpchen angeht, werde ich noch nervöser als am Quai d'Orléans.

»Wenn ich etwas hören sollte«, verspricht Griset, »rufe ich Sie an. Sind Sie zu Hause?«

»Nein.«

Ich schreibe ihm die Telefonnummer vom Quai d'Orléans auf.

Was hat es für einen Sinn, jene Nacht in allen Einzelheiten zu schildern? Jeanine hat mir die Tür geöffnet. Wir sind beide nicht schlafen gegangen, sondern haben jeder in einem Sessel im Salon gesessen und auf das Telefon gestarrt. Jedesmal, wenn unten ein Taxi vorüberfuhr, sind wir zusammengeschreckt.

Wie war Yvette, als ich sie am Mittag verließ? Ich versuche, mich daran zu erinnern, aber es gelingt mir schon nicht mehr. Wie hat sie mich beim Abschied angeblickt? Wenn ich das nur noch wüßte! Es könnte mir vielleicht einen Hinweis geben.

Wir haben gesehen, wie es draußen hell wurde. Vorher war Jeanine ein paarmal eingedämmert, ich vielleicht auch, obwohl es mir nicht bewußt war. Um acht Uhr, als sie den Kaffee kochte, habe ich durch das Fenster einen Radfahrer mit einem dicken Bündel Zeitungen unterm Arm gesehen. Das hat mich auf den Gedanken gebracht, mir eine Zeitung zu kaufen. Könnte nicht etwas über Yvette darinstehen?

Jeanine blickte über meine Schulter in die Zeitung.

»Nichts.«

Bordenave hat mich angerufen.

»Vergessen Sie auch nicht, daß Sie um zehn Uhr mit dem Minister für Straßen- und Wohnungsbau verabredet sind?«

»Ich gehe nicht hin.«

»Und die anderen Verabredungen?«

»Sagen Sie sie ab.«

Eine Ironie des Schicksals wollte es, daß bei dem entscheidenden Anruf nicht ich, sondern Jeanine den Hörer abnahm.

»Einen Augenblick. Ja, er ist hier. Ich gebe ihn Ihnen.«

Ich habe sie fragend angesehen und gemerkt, daß sie mir nichts sagen wollte. Ich hielt den Hörer kaum in der Hand, da hörte ich sie hinter mir in Schluchzen ausbrechen.

»Hier Gobillot.«

»Inspektor Tischauer, Herr Rechtsanwalt. Mein Kollege vom Nachtdienst hat die Anweisung hinterlassen, Sie zu benachrichtigen, wenn…«

»Ja. Was ist?«

»Sie haben doch von einer Yvette Maudet gesprochen, nicht wahr? Zwanzig Jahre alt, in Lyon geboren. Die, die im letzten Jahr…«

»Ja…«

Ich habe den Atem angehalten und mich nicht gerührt.

»Sie ist heute nacht im ›Hôtel de Vilna‹ am Quai de Javel erstochen worden. Der Mörder ist nach der Tat mehrere Stunden lang in dem Viertel herumgeirrt und hat sich eben auf dem Revier in der Rue Lacordaire der Polizei gestellt. Wir haben sofort jemanden an den Tatort geschickt. Die Ermordete ist in dem angegebenen Zimmer gefunden worden. Der Mann ist ein Arbeiter namens Mazetti. Er hat ein volles Geständnis abgelegt.«

Das übrige habe ich dann der Reihe nach erfahren, und in den Zeitungen, in denen mein Name in großen Lettern prangt, ist immer noch die Rede davon. Ich hätte das unterbinden können. Mein Kollege Luciani hat mich sofort, nachdem er die Verteidigung Mazettis übernommen hatte, angerufen.

Mazetti ist es gleichgültig, was aus ihm wird. Er hat auf der Liste, die ihm der Untersuchungsrichter vorlegte, auf den ersten italienisch klingenden Namen gedeutet. Luciane wollte wissen, ob er etwas tun sollte, damit mein Name nicht genannt würde. Ich habe es dankend abgelehnt.

Als man Yvette tot aufgefunden hat, lag sie nackt mit einer Stichwunde unter der linken Brust auf einem schmalen Eisenbett. Ich bin dortgewesen. Ich habe sie gesehen, bevor man sie fortbrachte. Ich habe auch das Zimmer gesehen. Ich habe das Hotel gesehen, wo es auf der Treppe von den Männern wimmelte, die ihr solche Angst eingeflößt hatten.

Ich habe auch Mazetti gesehen. Wir haben uns in die Augen geschaut, und schließlich habe ich den Blick abgewendet. In seinem Gesicht war nicht die leiseste Spur von Reue zu lesen.

Den Kriminalbeamten, dem Untersuchungsrichter und seinem Anwalt gegenüber hat er immer wieder nur gesagt:

»Sie ist zu mir gekommen. Ich habe sie angefleht, zu bleiben, und als sie dann doch wieder gehen wollte, habe ich sie daran gehindert.«

Sie hat also versucht, zum Quai d'Orléans zurückzukehren.

Aber sie war zu ihm gegangen, und man hat in dem Zimmer einen Norwegerpullover aus grobgestrickter Wolle gefunden, den sie ihm gewiß zu Weihnachten schenken wollte. Er war ganz ähnlich wie der, den sie für sich gekauft hatte. Der Karton mit dem Namen des Geschäfts stand unter dem Bett.

Jeanine und ich haben sie allein zu Grabe getragen, denn ihre telegrafisch benachrichtigten Eltern haben nichts von sich hören lassen.

»Was soll mit ihren Sachen werden?« hat Jeanine gefragt.

Ich habe gesagt, das wüßte ich auch nicht, aber wenn sie möchte, sollte sie sie behalten.

Ich hatte ein Gespräch mit dem Untersuchungsrichter und habe ihm angekündigt, daß ich wenigstens als Zeuge vor Gericht erscheinen werde. Das hat ihn überrascht. Alle sehen mich an, als ob sie mich nicht mehr verstehen könnten. Auch Viviane. Ich hätte gern Mazettis Verteidigung übernommen, aber das geht nicht.

Bei meiner Rückkehr von der Beerdigung hat Viviane mich gefragt:

»Glaubst du nicht, daß es dir guttäte, ein paar Tage zu verreisen?«

Ich habe genickt.

»Wohin willst du fahren?« hat sie dann gesagt, verwundert über einen so leichten Sieg.

»Hast du nicht ein Appartement in Cannes bestellt?«

»Wann gedenkst du zu fahren?«

»Mit dem nächsten Zug.«

»Also heute abend schon?«

»Ja.«

Ich hasse sie nicht einmal. Es ist mir gleich, ob sie da ist oder nicht, ob sie spricht oder schweigt, ob sie glaubt, daß sie weiterhin unser Schicksal lenken kann. Für mich existiert sie nicht mehr.

*Für den Fall, daß die Dinge eine schlechte Wendung nehmen…* habe ich am Anfang dieses Berichts geschrieben.

Mein Kollege Luciani, dem ich diese Akte schicken werde, wird darin vielleicht einiges finden, womit er möglicherweise einen Freispruch für Mazetti erreichen, zumindest ihn vor einer allzu schweren Strafe bewahren kann.

Ich werde auch in Zukunft große und kleine Schurken verteidigen.

*Cannes, November 1955*

Stanley G. Eskin

*Simenon*

*Eine Biographie*

Aus dem Amerikanischen
von Michael Mosblech

Stanley G. Eskins Biographie stützt sich auf Gespräche mit Simenon, mit Verwandten, Freunden, Verlegern des Autors sowie auf das riesige, erst bruchstückhaft erschlossene Material des Simenon-Archivs in Lüttich.

»Eskin erzählt so anschaulich, als habe er von dem Gegenstand seiner Studien die einfache, farbige, spannende Erzählweise gelernt.«
*Frankfurter Allgemeine Zeitung*

»Mit dem Index, den zahlreichen Anmerkungen, der vollständigen Bibliographie der Werke und der Verfilmungen wird dieser Band sicher die große umfassende Biographie des Schriftstellers werden. Eskin hält auch mit persönlichen Urteilen nicht zurück; sein Buch verdient daher Aufmerksamkeit und Hochachtung.«
*Die Welt, Bonn*

»Ich konnte nie glauben, daß Simenon wirklich existiert. Seine ungeheure Produktion, mein immer neues Staunen über die Vollkommenheit seiner Erzählungen, die psychologische Genauigkeit seiner unendlich vielen Figuren, die Eindrücklichkeit der Landschaftsbeschreibungen vermittelten mir stets das Bild eines hinreißenden Schriftstellers, das aber so ungreifbar und unbestimmt blieb wie etwa das Bild des Frühlings, des Meeres, das Bild von Weihnachten – Bilder, die man mit Vergnügen und unbewußtem Wohlbehagen in sich aufnimmt und erlebt, ohne daß sie imstande wären, die Begriffe in ihrer Dinghaftigkeit und Identität vollständig zu verkörpern.« *Federico Fellini*

»Mit Sicherheit das umfassendste Werk, das je über mich geschrieben wurde.« *Georges Simenon*

## *Carissimo Simenon*
## *Mon cher Fellini*

### *Der Briefwechsel zwischen Federico Fellini und Georges Simenon*

Mit einem Vorwort von Claude Gauteur und einem Gespräch von Georges Simenon mit Federico Fellini
Aus dem Italienischen und Französischen von Linde Birk
Herausgegeben von Claude Gauteur und Silvia Sager

Zum ersten Mal begegnen sich Federico Fellini und Georges Simenon 1960 anläßlich des Filmfestivals in Cannes. Simenon ist Vorsitzender der Jury – und Fellini Gewinner der Goldenen Palme für *La dolce vita*. Der Briefwechsel zwischen dem Cinéasten und dem Romancier beginnt aber erst 16 Jahre später, als Fellini seinen *Casanova* dreht. Simenon ist hingerissen von diesem Film. Zu der Bewunderung, die er schon immer für den Filmkünstler hegte, kommt nun die Neugier dazu: Wer ist der Schöpfer eines solchen Werks? Umgekehrt fragt sich Fellini: Wer ist der Mann, der ohne Unterlaß so viele wunderbare Romane schreibt?
Man kennt Georges Simenon, den »wichtigsten Schriftsteller unseres Jahrhunderts« (Gabriel García Márquez); die letzten 30 Jahre seines Lebens lebt er zurückgezogen in der Schweiz. Man kennt auch Federico Fellini: den Schöpfer opulenter Filmwerke, ständig in Gesellschaft von Produzenten, Schauspielern, Autoren. Scheinbar so unterschiedlich, vereint sie doch ein Gefühl für etwas, was sie beide als ›das Schöpferische‹ bezeichnen. In den Briefen erzählen sie sich von Träumen und Alpträumen, Zweifeln und Hochgefühlen – intime Zeugnisse zweier großer Geister über das Leben und die Kunst.

»In meinen Augen ist Fellini das Kino.«
*Georges Simenon*

»Simenons Romane sind wie ein Traum, der dem Leben gleicht und uns vielleicht hilft, das wirkliche Leben zu deuten und zu lieben.« *Federico Fellini*